次の方、どうぞ

秋雨 肇
AKISAME Hajime

文芸社

目次

～CASE.1～　奇奇怪怪・白髪の男

ザァー、ザァー、
二人の足がバシャンッ！　と地面を蹴る。

その日は生憎の土砂降りだった。

「先生！　早くしないと屋敷に辿り着きませんよ！」

「待っておくれよ、牡丹《ぼたん》ちゃん。長靴が泥に嵌《はま》ってしまって……」

「まったく、もう。手を貸してください。いいですか、思いっきり引っ張りますよ」

「嗚呼《ああ》、頼むよ」

この頼り甲斐がなさそうに見える真っ白な長髪の男が、先生と呼ばれる人物だ。その先生の腕を一生懸命引っ張っているのが、牡丹と呼ばれる少女。二人が暮らす屋敷の近くに秘湯を見つけたということで二人は出掛けていた。しかしながら、温泉に入る間もなく雷と共に大量の雨が降ってきたのだ。

「ひひっ。悪いねぇ、牡丹ちゃん」

「先生のその気持ち悪い引き笑い、どうにかならないんですか？」

「癖のようなものだからねぇ」

「ついでにこの雨もどうにかしてくれればいいのに。先生が屋敷の裏手に秘湯を見つけたって言うから楽しみにしてたんですよ」

「そんなに楽しみにしてくれていたのかい？　ひひっ、嬉しいことこの上ないよ」

漸くして、ぼんやりとした屋敷の光が見えてきたという時、牡丹は屋敷の入り口付近で制服姿の女学生を見つける。

その女学生は傘も差さず、おろおろとしていて落ち着かない様子だった。

「先生、先生」

「何かな？」

「あれ」

「嗚呼、患者だねぇ。しかし、よくここまで辿り着いたね。牡丹ちゃん、彼女を屋敷の中まで案内してくれるかい？」

「わかりました。声かけてきますね」

牡丹は先生から離れて、女学生の元へ駆け足で向かう。

背後から近付き、ぼろぼろな制服を着た女学生に声をかけた。

「こんばんは」

「だ、誰っ？」

女学生は牡丹を見るなり、びくりと身体を震わせた。

「この屋敷に住んでる者だけど、傘も差さずにどうしたの？」

その言葉を聞くと、女学生は大声を上げて泣き出した。

「うわあああん！　おかあさぁぁん！」

「えっ、え？　何かあったの？」

牡丹は女学生を屋敷の入り口まで連れて行くと、自分の遥か後方でぬかるみに嵌《はま》り、苦戦している先生に向かって声をかけた。

「せんせー！　早くしてくださいよ！」

「わかっているが、ぬ、ぬかるみから足が抜けないっ……くぅぅ！」


屋敷内にて。

牡丹は泣きじゃくる女学生を廊下のソファに座らせる。

「もうすぐ先生来ますから」

「ううっ……おかあさぁん！」

女学生は屋敷に入ってからも『お母さん』と泣き喚くばかりだった。

「ふぅ〜、お待たせお待たせ。いいお湯だったよ。君が患者かな？」

「ちょっと先生！　患者さんほったらかして何シャワーなんか浴びてきてるんですか！」

「ひひっ、すっきりしたよ。治療するのに泥だらけでは衛生面的に悪いだろう？」

先生は臀部まで伸びた長い髪と、鼻先まである前髪をバスタオルで拭くと、廊下のソファに座って泣いている女学生に声をかけた。

「君、さっき『お母さん』と泣いていたね。重症なのはお母さんの方かな？」

「そうなんです！　母は隣のソファに寝かせてあります！」

先生は廊下に並べてあるもう一つの長椅子をじっくり見詰める。そしてすぐに視線を戻した。

「大丈夫だよ。お母さんは助けてあげるからね。まず君の怪我を診《み》ようか。牡丹ちゃん、手伝っておくれ」

「はい、先生」


診察室にて。

「うん。骨は何ともないね。外傷は手当てしておいたから大丈夫だよ」

女学生は自分の怪我を診てもらうと興奮した様子で先生の白衣の袖を掴《つか》み、ぐいぐいと自分の方へ引っ張った。

「ここって病院なんですよね？　私よりお母さんを助けてあげてください！　私よりも重傷なんです！」

「君のお母さんに何があったのかな？」

「お母さん、私を守るために土砂災害に巻き込まれて……」

「嗚呼、土砂災害のニュースは私も見たよ。現場は大変だったようだね」

先生は女学生の手をそっと下ろさせ、治療器具を片付けながら話を続けた。

「土砂、土石流……」

……鮮明な記憶が、彼女の脳裏を過った。


『お母さん、早く！　土砂がもう家の周り囲みそう！』

『唯花《ゆいか》だけでも逃げなさい！』

『嫌だよ！　どうしてそんなこと言うの！』

『生きて欲しいからよ。ほら、窓から逃げなさい、早く、早くするの！』


……ぐわんっ……


「うっ！　頭が、頭が痛いっ」

「念のため、検温もしたけれど、熱はないようだね。風邪を引くといけないから、何か着替えを……そうだなぁ。牡丹ちゃん」

先生は、それまで診察室の隅っこで黙って二人の様子を窺っていた牡丹に声をかけた。

「彼女に着替えを貸してあげられるかい？」

「構いませんよ、取ってきますね」

「い、要らないっ！　それより、お母さんを助けて……うぅ、痛い」

女学生は診察室から出て行こうとする牡丹の腕を掴むと、突発的に起こった激しい頭痛に眩暈《めまい》を起こした。意識を失いそうな眩暈から医療器具を載せた台に背中から倒れそうになる。

「危ない！」

「っ！」

先生が女学生を抱きかかえるような形で阻止した。

「少し、疲れているようだからベッドで話そうか」

数分後、
女学生はベッドに身体を横たえ、呼吸を乱しながらぽつりぽつりと自分のことを話し始めた。女学生が休むベッドの横に先生と牡丹が椅子を持ってきて座る。先生の手にはカルテとペンがあった。

「さてと、ひひっ。診察の続きといこうか」

「先生、患者さん苦しがってますよ。せめて痛み止めとか」

「か、構わないです。私は大丈夫だからっ……」

ズキンズキンと激しい痛みが襲う中、女学生は何かを訴えるかのように力強く話し続けた。

「私は愛樂学院《あいらくがくいん》高等部の和田唯花《わだゆいか》といいます。母は和田房子《わだふさこ》、四十五歳です。父親は行方不明で……」

「愛樂学院といったらここからそう遠くない場所ですよね。土砂崩れ現場の様子とかやってるかもしれない。先生、ニュース見ますか?」

「今はいらないよ。特に見なくていい」

先生は牡丹がテレビをつけようとするのを止めると、真っ直ぐ患者と向き合った。

「それで君はどうしてここに?　ここがただの民家である可能性もあるよね」

「それが不思議なんです。気付いたら、重症の母を背負って、この屋敷の前に立っていたんです」

「では、君は来るべくして来たんだね」

「来るべくして?」

話を続ける度、唯花の脳裏に滝のような回想が流れる。

…………


『唯花、手を離しなさいっ!　離すの!』

『やだ、家族がバラバラになっちゃうよ!　やだよおぉっ!』

『バラバラになんてならない。後で合流しましょう。私はお父さんを待つわ、待っているだけ、だからっ……』

……ビシッ、ズキンッ……

「いやあぁぁぁっ!」

興奮しだした唯花は悲鳴を上げる。

診察室に一面に血が滲み出そうな悲鳴が響いた。

「唯花さんっ！」

慌てる牡丹をよそに、先生は淡々と診察を続ける。

「鎮痛剤や安定剤ならすぐにでも出してあげられるよ。でも君の根本は違うだろう？　君は、どうしてもお母さんを助けて欲しいんだね？」

「そう、です……早く、早くしなきゃ」

「房子さんの様子はさっき見たよ。あれはオペが必要だね」

「オペ？　手術すれば、お母さんは助かるんですか！」

「ひひっ、安心したまえ。私の見解は確かだ。君のお母さんを助けよう」

自信満々且つおちゃらけた態度を見せる先生に牡丹は溜め息を吐く。

「さて、早速だがオペを開始するよ。牡丹ちゃん、準備を」

「わかりましたー」

ぶっきらぼうに言いながらも、牡丹は先生の指示に従い、手術室の準備に向かう。

「唯花さん、私ではオペは出来ないから、この病院で一番腕の立つ先生を呼んでくるよ。手術室はこの部屋を出て、左へ進んだ突き当たりにあるから。それで、待合室はここね」

第一治療室の壁に貼られた地図を見せながら先生が唯花に丁寧に説明をする。

「では、私も準備があるから、お母さんは君がストレッチャーに乗せて連れていってあげてね」

「わかりました！」

治してもらえるとわかった途端、不思議と唯花の頭痛は緩和してきた。

先生と牡丹が診察室を出て間もなく、唯花はベッドから起き上がり、もう一度地図を確認してその場を後にした。

母親の無事を願いながら、緊張した足取りで手術室へ向かう。手術室までの廊下には電気が僅かしか点いていなかった。母親の乗ったストレッチャーをぶつけないようにと薄暗い廊下を真っ直ぐ進んでいく。すると、手術室の前に一人の手術着を着た医師を見つけた。

「貴方が和田唯花さんですね？　外科手術担当の白鷺《しらさぎ》と申します」

その後ろに看護服に着替えた牡丹の姿があった。牡丹は房子の乗っているストレッチャーを手術室に運び入れる。

「これより、オペを開始します。ここから先はいくら親族でもお通しするわけにはいきません」

「先生、お母さんのことをお願いします」

「人生に最善を尽くしましょう」

「え、人生？」

意味深な言葉を残し、白鷺医師は手術室に入っていった。

手術室にて。

「では、これよりオペを開始する。宝条《ほうじょう》牡丹《ぼたん》くん、麻酔の用意を」

「はい。白鷺先生、よろしくお願いします」

約一時間後、牡丹が手術室から出てくる。

待合室に入り、長椅子でぐっすり眠っている唯花の姿を見つけると、牡丹は薄暗い廊下に向けてハンドサインを出した。

「先生、唯花さん眠りました」

それを合図に先生も同じく手術室から出てくる。

「ああ、疲れていたんだろうねぇ」

先生はヘアキャップとマスクを外すと、眠っている唯花の耳元で何かを呟く。

「先生、何してるんです？」

「一種の睡眠療法だよ。起きていると効いていると思うよ」

「睡眠療法？」

「実際にオペをするわけがないだろう？　知識や技術はあるがね。ひひっ、本当に治療が必要なのはこちらだからね。さてさて、効果は後程とみた。それまで、栄養剤でも点滴しておこうか。この衰弱具合はただでさえ苦しそうだしね」

牡丹が一度待合室を出て、指定された点滴パックを持って戻ってくる。

「先生、これでいいですか？」

「嗚呼、適切な処置を行おう」

先生は慣れた手つきで点滴の準備をすると、針を患者の腕に刺す。

「ゆっくりお休み。きっと君は戻って来れるはずだ」


それから一晩が経ち、鳥達が鳴き始めた明朝のこと……。

屋敷内の待合室にいるはずだった唯花は、何故か木々に囲まれた屋敷の前で倒れていた。

「んんっ、はっ！　ここはどこ？」

状況がのみ込めず、辺りを見回していたところ、鮮明に記憶が甦ってきた。

「そうだ！　お母さん、お父さんと一緒に土石流に流されちゃって……お母さんが逃がしてくれたんだ。早く帰らなきゃ……おかあさぁぁぁん！」


先生の部屋にて。

「ひひっ、よーく見えるねぇ」

先生は走り去る唯花の様子をアンティーク調の双眼鏡で観察していた。

「もう、先生ってばまた悪趣味なことして。

いっつも偽名ばっかだし。前は高野《たかの》でその前は有村《ありむら》でしたっけ？」

文句を言いながらも牡丹は先生のデスクへ紅茶の入ったティーカップを置いた。

「ありがとうねぇ。しかし、これで彼女も眼を醒ましただろう」

「眼を醒ますって？」

「彼女はずっと逃げていたんだ、妄想の世界にね」

「それよりも、先生。どうして、いつも別人に変装してオペを行うんですか？　昨夜なんて白鷺とか名乗ってましたけど」

「だって、この世は面白くなくちゃ。面白味が欠けたら、楽しみがなくなってしまったら、人間は衰退していく一方だからね」

「長年この屋敷で先生と暮らしてきたから、わからなくもないですけど……やっぱ変」

先生がティーカップを手に取り、紅茶を味わう。通常より濃い甘さだった。

「牡丹ちゃんは見えていたかね？」

「何がですか？」

「患者の母親だよ」

「……いえ、和田唯花さんしか見えませんでした」

「だろう？　彼女は幻覚に囚われていたんだよ。事故が起きた場所は確かだろうね。彼女はきっと自分の母親が土石流にのみ込まれる場面、その瞬間を見たのだろう。そして、身内が土石流にのみ込まれていく惨劇に彼女の精神が耐えられなくなった。こういった症状を心的外傷後ストレス障害、通称ＰＴＳＤという。この症状は自分が何か耐えられない事故や事件を目の当たりにしたりすると発症する。犯罪や災害などでは特に多いね。そして厄介なことに長期間放置してしまうと悪化する可能性があるんだよ。トラウマという大きな傷になってしまって、自分じゃどうしようもなくなる。思い出す際に頭痛や吐き気を覚えたりもするね」

そう説明をする先生は、目許が前髪で隠されているからか、楽しんでいるのか哀しんでいるのか表情が見て取れない。紅茶を片手に先生がテレビの電源を入れた。

それとほぼ同時に、牡丹が昨夜先生にニュースを見るかと尋ねた時のことを思い出す。

「だから先生はあの時、テレビをつけなくていいって言ったんですね」

「ひひっ、患者を更に追い込んでしまう可能性があるからね。でも、もう見ていいよ。事《こと》は済んだから」

牡丹がテレビに視線を移すと、被災地の様子が映し出されていた。

レポーターが避難場所の体育館を訪れる。そこにいたのは、動けない人々に支援物資を運ぶ和田唯花だった。避難してきた人達の元を順番に周り、励ましの声をかけている。そんな姿を目にしたレポーターにインタビューされて、唯花は毅然としてこう答えていた。

「私の父は私と母を救って今も行方不明です。そんな中で母は私を助けるため、目の前で土石流に流されていきました。けれど、私は信じて待ち続けます。だから今、家族の帰りを待ち続けている方々のためにこういったボランティア活動を行っているんです」

牡丹はインタビューを見て唯花の変わり様に唖然とした。

「あれが、唯花さん?」

「牡丹ちゃん、紅茶おかわり。砂糖増し増しでお願い」

「感動してる最中にー、もう！　先生って意味わかんないっ！」

「そんなにわからないものかな。自分でもよくわからないよ」

「あっ、そうだ。点滴をする前、先生は唯花さんになんて声をかけたんですか？」

「嗚呼、あれはね。きっと彼女の母親が言っていた、生きて欲しいということをだねぇ……」

先生がデスクへ向かおうとすると、来客を知らせるチャイムが鳴った。

―ピンポーン、

「先生、お客さんですよー」

「あれ、何か頼んでいたかな？」

牡丹は先生の分までティーカップを片付けると、来客が気になり先生の後ろを追って玄関まで出て行った。

さっきまでおちゃらけていた先生の後ろ姿に、どこか逞しさを感じる。

(先生って掴み所がないけど、やっぱり凄いんだな。何がって聞かれたら具体的に言えないから伝えられないけど。ああやって誰かを治すっていうことは誇らしく思える)

「先生、お客さんどうなりました……ん？　郵便ですか？」

玄関先に置かれた運搬するのに困難なほど大きな郵便物を見て牡丹は戸惑った。

「嗚呼、待ち望んでいた品だよ。私の元患者からだね」

「患者さんですか？　何が届いたんです？」

「皮膚だよ」

「皮膚っ!?」

「おや、手紙が添えられているねぇ。『尊敬すべき先生へ。以前は私の子供の病気を治して頂きありがとうございました。感謝してもしきれません。これは息子の象皮病《ぞうひびょう》の皮膚です。何にも役に立たないと思っていましたが、先生が求めるのなら再生出来るなら、医学のため、人の命を守るためにお使いください』」

「ええっ！　先生、患者さんから皮膚貰ったんですかっ！」

「ひひっ、これは興味深いね。命を守るためにという課題が添えられている。よし、早速実験だ。牡丹ちゃん、私は実験室に籠るから後はよろしくね！」

先生は子供みたいにはしゃぎながら、大きな届け物を引き摺って屋敷の奥へと入っていった。

「えええっ！　ちょっと、待ってください！　先生、籠ったら全っ然出てこないじゃないですか！　前は二週間も出てこなくて干物状態の先生を見つけるのにどんなに苦労したかって、籠るの禁止ー！」

先生を追いかけている途中にちらりと見えたニュース番組では、唯花がまだインタビューを受けていた。唯花の表情に曇りは一切ない。それどころか、迷いすらもなく、徐々に現実を受け入れていこうという第一歩の笑顔を見せていた……。

～CASE. 2～　涙と快楽ミュンヒハウゼン

時計の針が昼の十二時を差す頃。

先生と呼ばれるこの屋敷の主人は医療器具を保管してある倉庫の床で寝ていた。

「がー……ごー……んぁ、今何時？」

倉庫にある時計を見て、今が昼だと知ると、倉庫を出てリビングへ向かった。

（うーん、うっかり入荷した動物の標本に夢中になって眠ってしまったみたいだ。ベッドで寝るのはご免だけど、布団まで辿り着かなかったのは私のミスだねぇ）

「牡丹ちゃーん、起きたよー。紅茶淹れてー。

……おーい、牡丹ちゃーん」

しかし、牡丹からの返事はない。

不思議に思った先生はリビングに飾ってある人間の頭蓋骨が描かれたカレンダーに眼を向けた。

「あ、今日平日じゃん。学校だ」

私立明鈴館女学園《めいりんかんじょがくえん》中等部。

昼休みが終わった後は、現国の授業だった。教師に指名され、教科書を読んでいたのは両サイドに三つ編みをしている大人しそうな女の子だった。

「えっと……じん、じんだしい？」

「美園《みその》ミキさん。さっきから何回も間違えているわよ。そこはね、甚《はなは》だしいと読むの」

「……ごめんなさい」

「漢字のプリントを渡すから、放課後、職員室に来てちょうだいね」

「……はい」

「うわ、美園最悪」

教室の後方の席から聞こえてくる陰口が牡丹の耳に入る。

「あれで毎回現国の授業止めてんだけど」

「やる気ないんじゃね？　他の授業も止めるしねー」

陰口を叩いていたのは、清水千佳《しみずちか》と森林芽依《もりばやしめい》だった。この二人はいつも一緒に行動していてメイクは当然のこと、校則ぎりぎりの所で目一杯お洒落に力を入れていることで学園では有名だった。しかし、性格は決して良いとは言えない。

ミキは肩を落として自席に座った。その様子を牡丹は、はらはらしながら見守っていた。

〈美園さんは、学年の成績ランキングでも下から数えた方が早いクラスメイト。だけど、美園さんだって美園さんなりに頑張ってると思うんだけどな。裁縫部に所属して部活動

だってやる気があるのに……あの二人の言い方は酷いし失礼だよ）

考え事をしていると、チャイムが鳴り、担任の教師が牡丹に話しかけた。

「宝条さん。全員のプリント、職員室まで持ってきてくれるかしら？」

「わかりました」

牡丹はすぐに席を立って、教卓の上のプリントを纏め始めた。溜め息を吐きながら、職員室までの廊下を歩いてゆく。

（学校に虐《いじ》めは付き物なのかな。でも、頑張ってる人を馬鹿にするなんて納得いかない。ん？　用具室から何か聞こえる）

牡丹が用具室のドアを開けると、先程授業で陰口を言っていた千佳と芽依がミキをモップで叩いていた。

「ちょっと、何してんの！　あんた達！」

「やだ、委員長さんじゃん。美園さんのやる気を出すために協力してましたーってね」

「てか、しゃしゃり出てこないでくれる？　委員長さんだって美園のせいで迷惑してるんでしょ？　成績が下がるーって」

牡丹はプリントを投げ捨てて、びしょ濡れで正座をしているミキに駆け寄る。

「美園さん、大丈夫！」

「わ、私は大丈夫！　私がいけないの！　いつも授業止めちゃうもんね。全部悪いのは私だから」

「とりあえず、保健室に行って濡れた制服着替えよう?」

「いいの。宝条さん、職員室に行かなきゃならないんでしょう?」

ミキは無理な笑顔を作り、牡丹が落としたプリントを集め始めた。

「ほーら、やっぱ美園がいけない」

「てか、しらけたー。気分悪いわ。そうだ、このまま駅前まで行かない? この前欲しかった香水入荷したんだって」

「それ本当? やっぱ、即日完売したやつでしょ、急ご急ご! それじゃ、宝条委員長さん後はよろしく〜!」

虐めの当事者二人はそのまま用具室を後にした。

そして、虐められた側のミキも集めたプリントを牡丹に渡すとありがとうの言葉を残して用具室から走り去ってしまった。

(美園さん……)


職員室にて。

その後、牡丹は担任の指示通りプリントを届けに行った。

「ありがとう、宝条さん。助かるわ」

「あの、松山《まつやま》先生」

「何かしら?」

「……いえ」

先程の虐めのことを言おうと思ったが、牡丹は口を結んだ。

「宝条さんは頼もしいわね。いつもクラスのことを見て……あら、どうしたの？　その傷」

牡丹は担任に指摘されるまで気が付かなかった。膝に擦り傷が出来て出血している。ミキを助けるため、駆け寄った際に膝を擦りむいてしまったのだ。

「これぐらい大したことじゃないんで大丈夫です」

「駄目よ。実はね、保健室の先生に赤ちゃんが出来て今日から代理の先生が来ているの。挨拶ついでに手当てしてもらって来たらどうかしら」

牡丹は担任の優しさを無碍に出来ず、職員室を出て保健室へ向かった。

（そっか、赤ちゃんが産まれるんだ。保健の先生って赤ちゃん産んだ後、復帰するのかな。とっても優しい先生で人気あるんだよね）


一階、保健室前。

産休中の先生は笑顔が似合って誰にでも優しい先生だった。

（代理の先生はどんな人だろう？）

「失礼します。二年華組の宝条牡丹といいます。今日から代理の先生が来ると聞いて……」

「やぁ、牡丹ちゃん！」

そこにいたのは、同じ屋敷で暮らしている変人を超えた超絶変人の男だった。

「先生っ!?」

「勿論、先生だとも。朝起きたら牡丹ちゃんがいなくて吃驚《びっくり》したよ」

「ってことは、先生が代理の保健室の先生!?」

「うん。そうなるね」

牡丹は混乱した。確かに医療の知識は豊富だが、こんなに変な男が臨時職員に何故採用されたのかと。

「うわーー！　屋敷でも学校でも先生と一緒なんてやだぁぁ！」

「しーっ。静かにしたまえ。怪我をしているね。まず、傷の手当てをしよう」

牡丹の擦り傷の手当てが終わる頃、

「君が心配しているのはクラスメイトの美園ミキ君のことだね？」

「えっ、どうして。先生、もしかして虐められた現場見てたの？」

「さぁ、どうだろう」

「またそうやって誤魔化す」

「おや？　あれはミキ君じゃないか？」

そう言って先生は保健室から見える屋上を指差す。

そこには虐めていた二人とミキの姿が見えた。

（あの二人、駅前に行くって……嘘だったの!?）

「美園さん！　大変、助けなきゃ！」

「待つんだ。牡丹ちゃん」

今にも保健室を飛び出していこうとする牡丹を止め、先生はアンティーク調の双眼鏡を取り出した。

「んー……やはり、そうか。牡丹ちゃん、すぐに治療の準備を始めるよ。患者の名前は美園ミキ」

「なっ！　どういうことですか、先生」

「この双眼鏡で彼女を見てご覧」

「んん？　何もおかしい所はないですけど……待って、美園さん蹴られてる！」

「顔をよく見るんだ。美園ミキの口角が上がっていることに気付かないかい？」

「確かに上がって、なんで笑ってるの？」

先生がぺらっと一枚の紙をデスクに広げる。

「これが美園ミキの小学校時代の成績表だ」

牡丹がミキの成績表を見るとオール満点だった。しかも牡丹よりも点数が良い優等生中の優等生。その子が今、勉強が出来なくて虐められている子と同一人物だとは信じられなかった。

「彼女の症状は『ミュンヒハウゼン症候群』」

「ミュンヒ……？」

「私はここで治療の準備をしているから、牡丹ちゃんは明日、患者をここまで連れてきてくれるかい？」

「美園さんを連れてくればいいんですね。わかりました」

「それから、戻ってきたらすぐ、部屋に入る前にこれを自分の口元に嵌めてくれ」

先生が牡丹に渡したのは物騒な形をしたガスマスクだった。

「これ、治療に必要なんですか？」

「ひひっ、こっちの方が進めやすいのさ」


翌日、放課後……

ミキを保健室に連れて行こうと、牡丹が試行錯誤して、あの手この手でミキを説得していた。

「宝条さん。私、部活があるんだけれど……」

「ごめんね。保健室の先生が呼んでるの。多分軽い健康診断だから」

「でも……」

「ほら、赤ちゃんが産まれるから代理の先生に代わったでしょ？　だから、一緒に挨拶だけでも」

「そういうことなら、ちょっとだけ」

なんとか説得に成功すると、牡丹はミキを連れて、先生が待っている保健室に向かった。


保健室。

保健室のドアを開けると同時に牡丹は先日先生から渡されたガスマスクを装着した。

その瞬間、ミキは膝から崩れ落ちた。牡丹は一瞬にして何が起こったのかを悟《さと》る。

「先生。私にマスク渡したのって、麻酔回避用だったんですね？」

「ご名答。さ、治療の開始だ」

「部屋の中、麻酔充満してます。それにメスも注射器も用意してないじゃないですか」

「この症状にそんな物は使わないよ」

「それじゃあ、どうやって治すんですか？」

「それは治療後のお楽しみ。ひひっ。牡丹ちゃんは保健室の前で待っててていいよ。終わったら声をかけるからね」

ぐいぐいと先生に背中を押され、牡丹は保健室の外へ追い出される。しかも、内側から鍵をかけられてしまった。

「何よ！　いつも助手は私に任せっきりなのに～！」

牡丹は、怒りに任せてガスマスクをぶん投げた。

そして、約一時間後……。

保健室のドアが開いて先生が顔を出した。

「牡丹ちゃん、終わったよ」

牡丹は不貞腐れながらも保健室に入る。ベッドにはミキが眠っていた。

「先生、何も変わってないように見えるんですけど」

「当たり前さ。この症状には外科的手術は必要ないからね。彼女の病名はミュンヒハウゼン症候群さ」

「ミュンヒハウゼン？」

「んー。簡単に言うとね、自分に注目を集めて憐れんで欲しい虚偽性障害《きょぎせいしょうがい》の一種だね。彼女は同情して欲しいがために虐めを報告しなかったのだろう。虐められて皆に慰めてもらえる惨めな自分でいたかったのさ」

牡丹は未だ麻酔が効いて眠っているミキに信じられないといった眼差しを向ける。

（嘘……あんなに心優しい美園さんが？）

「さて、私はそろそろ帰るよ。帰ったら甘い紅茶でも淹れておくれ。因みにもう麻酔は切れているから、患者も間もなく起きるだろう」

牡丹は廊下に投げ捨てたガスマスクを急いで拾いに行くと、先生に疑問をぶつけた。

「待ってください。臨時の養護教諭さんが来るって本当に先生なんですか？　じゃあ、先生は暫くこの学園にいるんですか？」

「あー、あれね。私が本物の代理養護教諭の自宅を訪ねて数日間眠れる持続性の長い睡眠薬を打ったんだ。勿論、身体に負担がかからないように調合してね。というわけで、私の役目はここまで。患者も治したし、もうこの学園に用はないよ。それじゃあ、先に帰ってるね」

「そんな滅茶苦茶な！　というか普通に麻酔したらいいのに！」

先生が保健室を出て行った直後、ミキが眼を醒ました。

「美園さん、大丈夫？」

「……宝条さん？　あれ、なんで私、こんな所に？」

「え、えっと、廊下で倒れたの。多分貧血とかじゃないかな」

「貧血？　そっか、運んでくれてありがとう」

「ううん。無事でよかった」

「私、私ね。過去に一度だけテストの順位外だった時があるの」

突然話し出したミキの昔話に牡丹は耳を傾ける。

「その時は高熱を出して、どうしてもテスト当日に行けないからって、学校に連絡して再テストを受けさせてもらえることになったの。でも、当日欠席だからっていう理由で順位表から省かれた。悔しくて悔しくて泣き腫らしたわ。そこで、学年のみんなが慰めてくれたの。『次は大丈夫だよ』『理不尽で可哀想』って。根も葉もない噂も流されて、その度にみんなが慰めてくれた……」

その時、牡丹は改めてミキが特待生だったことを思い出した。私立明鈴館女学園はエスカレーター式の進学校。ミキは中等部一年の頃に転校してきた、珍しい外部学生だった。

「でも私、なんだか気分がすっきりしているの。生まれ変われたんだって。もう昔の私じゃない。きっと神様がゼロからの出発をきらせてくれたんだって」

そう言って、ミキはどこか遠くを見ていた。


治療の翌日。

朝一で行われたテストの結果が、昼休みに掲示板に貼り出された。

「嘘でしょ」

「なんで、美園が一位なのよ！」

ミキを虐めていた千佳と芽依の声が廊下に木霊する。なんと学年ナンバーワンはミキだった。

「美園さん、やっと本気を出してくれたのね！　先生、信じてたわ」

廊下には、どんどん生徒が集まってきた。

ミキは虐められてから、いや、ミュンヒハウゼン症候群にかかってから、ずっと最下位に近い場所にいた。それが一気に学年トップに戻った。

「今回のテスト、美園さんが一位みたい」

「流石、特待生ね」

集まってきた同学年の生徒が次々にミキに憧れの視線を向ける。

牡丹は廊下の端から、あれが本当の美園ミキだったのかと見守っていた。

何故、ミュンヒハウゼン症候群などになってしまったのか、知っている真実は全て胸の内に隠した。

テストの順位が貼り出されると、ミキの周りには沢山の生徒が教科書を持って集まってきた。

「美園さん。私、この部分がわからなくて」

「えっと、ここはね」

「狡《ずる》い！　アタシも美園さんに教えて欲しい〜！」

「順番でいいかな？　私で役に立つなら」

「美園さん、今度勉強会開かない？　私達、もっと美園さんのことを知りたい。今までは単なる不調だったんだよね？」

一気に学年一の秀才に復帰したミキは、廊下の隅っこで様子を窺っている牡丹の存在に気付いた。ミキは、牡丹の方へ一直線に歩を進める。

「ありがとう。宝条さん、あなたのお蔭よ」

「え、私は何もしてないよ」

「それから、清水千佳さん。森林芽依さん」

ミキは鋭くも優しい視線で、悔しがっている二人を真正面から見る。

千佳も芽依も気まずそうに頭を下げた。

「もうこんなことは止めましょう。中学に上がってまで虐めなんてとても幼稚なことよ。私に勝ちたいのなら、成績で正々堂々と勝負しましょう。私は自分が勝っても負けても、絶対に自分もあなた達も憐れむことなんてしないから」

（美園さん！）

「それから今度もしよかったら、私にもお洒落教えてね」

「っ！」

「え？」

自分を虐めていた二人にそう言い残すと、ミキは教室に入って行った。

（先生はどんな治療をしたんだろう。きっと、私には想像もつかない方法で治療したんだろうな。オペなんかせずに）


放課後、委員会を終えて屋敷に帰る牡丹。

「ただいまー」

「牡丹ちゃん、大変だよ！」

帰宅した途端、先生が血相を変えて玄関に飛び出してきた。

「もしかして、急患ですか⁉」

「違うんだよぉ！　エアコンのリモコンが見つからないんだよ！　一緒に探して！」

「はぁ？　エアコン？」

「確か、医学の資料と届いた研究物に没頭している間に……あれ、布団の近くに置いたはずなんだけどなぁ。お願い！　探すの手伝って！」

（本当にこの先生、何なんだ？）

～CASE.3～　赤子とハンチントン

天気の良い休日、牡丹がリビングで掃除機をかけているというのに、先生は中央のソファに座りアニメを見ていた。これが先生と牡丹の大体の日常風景である。

「もー、先生も掃除手伝ってくださいよ」

「今、忙しいからまた後で」

「まったく、いつもそうなんだから。って、何観てるんですか？」

「アンデルセン童話の赤い靴」

「童話？　先生が童話を観るなんて珍しいですね。その赤い靴って聞いたことある気がするんですけど、どんな物語でしたっけ？」

牡丹は掃除機の電源を切ると、先生の足元に座り、画面に目を向ける。

「ざっと説明すると、ある約束を破った少女が赤い靴に踊らされて両脚を切断する話だね」

「それ、ざっくばらんすぎません？」

「童話は書籍で沢山持ってるよ。童話の中にも隠された病があるからね。別棟の書庫にあるはずだよ」

この屋敷は広く、本館である屋敷以外に別棟が存在している。そこは先生の謎の研究室やら書庫やら入ったことのない不思議な部屋が沢山ある場所だった。

「先生って夜な夜な別棟に出掛けてますよね。あれって何か意味があるんですか？」

「嗚呼、私は基本的に意味のないことはしない主義だからね。別棟の研究物を定期的に見に行っているんだよ。この屋敷にコレクションルームがあるだろう？　ホルマリン室」

ホルマリン室とは、先生が絶対に入れてくれない部屋のことだった。何やら、触るだけで感染するような危険物を保存している部屋らしい。

「そこに入りきらない研究物や人体のコレクションを仕舞ってあるだけだよ。別棟の掃除は要らないよ」

「それ聞いて、はい掃除行きますとか言えませんよ」

牡丹が呆れて溜め息を吐いた時、玄関のチャイムが鳴った。一瞬戸惑う牡丹だったが、この屋敷を訪れるのは、訪れるべくして訪れる者、つまり患者を意味している。先生が立ち上がり二人で玄関へ向かう。

「ひひっ、この屋敷は普通の人間には見えないはずなんだがねぇ」

「何言ってるんですか、開けますよ」

扉を開けた先には三十代前半ぐらいの女性が立っていた。その腹はとても膨らんでいて一瞬で妊婦だということが理解出来た。

「ひひっ、中にお入りください。お腹が重くて大変でしょう?」

先生は何も躊躇せずに妊婦を屋敷内に招き入れる。

牡丹が妊婦をリビングに案内すると共に、先生が先程まで見ていたアニメを消した。

「温かいお飲み物でも淹れましょうか?」

「いいえ、お構いなく……」

妊婦は俯き加減でそわそわしていた。その対面の席に先生が腰を下ろす。

「さて、どういったご用件でしょうか?」

「突然失礼します。私は笹野由美《ささのゆみ》といいます。年齢は三十三歳で、夫と二人暮らしです」

「本日、旦那さんは来ていらっしゃらないようですが」

旦那という単語を出すと、由美の視線が泳いだ。先生はキッチンで飲み物を準備している牡丹に声をかける。

「牡丹ちゃん。飲み物はいいから、空いている席に座りなさい」

牡丹は先生の言う通りに、空いている席に腰を下ろす。

「それで、笹野さんは何用でこの屋敷に?」

「私、気が付いたらここにいたんです」

「ひひっ。そうでしょう、そうでしょう」


「え、えと」

由美はこの状況を恐れているのか、足でとんとんと床を蹴った。

「すっ、すみません！　これは癖で！」

先生は真面目に、牡丹は不思議そうに由美を見詰める。すると、由美の足はダンスを踊っているかのようにステップを踏み始めた。

タッタタタン、タタンタン、タン、トッ、トットトトン、タトッ、タトン……

「ハンチントン病ですね」

「っ！　な、なぜおわかりに？」

「先生、ハンチントン病って何ですか？」

「舞踏運動を中心とする不随意運動、常染色体優性遺伝形式の進行性の神経変疾患。その様子が踊っているように見えるため、ハンチントン舞踏病とも言われる奇病だよ」

牡丹はぽかんとして先生の話を聞いていた。よく見ると、確かに由美の足は確実なステップを刻みダンスを踊っているように見えた。

「そうなんです！　何でも遺伝性の病気だから、お腹の子に遺伝してしまうというじゃないですか」

「ご自分で調べたのですか？」

「はい」

「旦那さんは何と？」

「私の病気が判明して以来、段々と冷たくなり、今では碌《ろく》に会話もしてくれません」

「それで、あなたは一人でその問題を抱え込んでいるという訳ですね」

「こんなことになるなんて、子供を作った時には気付かなかったんです！」

由美は涙を流しながら話した。先生はそんな由美を見ながら冷静に話を続ける。

「そこまで大きくなってしまっては堕胎は間に合いませんよ。出産しかない。胎児はあなたの中で着実に育っていますからね」

（なんだか、さっき見てた赤い靴の話みたい）

同じ女性として、牡丹は黙って二人の会話を聞いていた。

「先日、夫から『奇形児が産まれる可能性があるなら離婚してくれ』と離婚届を突きつけられたんです。折角できた可愛い子供なのに……」

「その前に、あなたは奇形と奇病を何か勘違いしていませんかねぇ？」

「だって、夫が奇形児が産まれると」

「鵜呑《うの》みにした訳ですね。素人の知識ほど怖いものはない。症状が表れるのは、足のみですね？」

「はい。うっ！」

話の途中で、由美がその場にうずくまってしまった。牡丹が慌てて駆け寄る。

「大丈夫ですか！」

先生は、うずくまる由美の傍に膝をついて問いかけた。

「あなたからは強い意志を感じます。正直に、何があったか話してください」

「わ、笑わないで……くださいますか？」

「ええ」

「夢を、見たんです。私の奇病が発覚してからずっと同じ夢を見るんです」

「それは、どのような？」

「私のせいで、私のせいで、子供に危機が迫っている……。生きたいと言っているのに、生きられないまま亡くなってしまう子供の夢をっ……」

最後の方、由美はしゃくりあげながら泣いていた。

涙ながらの訴えに、先生が由美の腹部を撫でた。

「充分です。それだけ強い声が聞こえるのならすべきことは一つだ。牡丹ちゃん、オペの準備を」

「はい、先生」

「オペ？　この子を助けてくださるんですか？」

「出来る限りのことはします。通常なら相当な手術費用が必要です。ですが、お金は要りません。別のお支払い方法がありますので」

ごにょごにょと先生が由美の耳元で何かを喋る。

すると、由美は大きく頷いた。

「構いません。先生に全てをお任せします」

「では、手術着に着替えて待っていてください。牡丹ちゃん、案内を頼むよ」

いつになく、先生の声色は真剣だった。

手術室。

先生は手術着を着て、患者の前に立つ。その間も由美の足は意思とは関係なく、じたばたと動いていた。

「あの、子供は本当に助かるんでしょうか？　遺伝する可能性がある恐怖の奇病……」

「あなたは、この子を産みたいのでしょう？　それが願いでしたよね」

「はい！　たとえ、私がオペの最中に死んでしまっても、この子にだけは生きて欲しい！」

「なら、夢物語とでも思って任せてください。牡丹ちゃん、麻酔を」

「わかりました、先生」

「新たな命に最善を尽くします。術式開始」

患者に麻酔がかけられる。完全に麻酔が行き渡った所でオペが始まる。

オペ室には、様々な医療機器が所狭しと並べられていた。中には一般的な医療に使われないような見慣れない器具があった。そういった類の物は先生が自分で開発した医療機器に違いない。

由美が眠っている最中に、先生が外から腹部をじっと観察した。

「今の所、出産に関して母体に影響はないね。聴診器」

「はい」

先生が患者の腹部に聴診器を当てる。

（由美さんの病気、治療法が見つかってない奇病。私も、もしそうなったら『子供を助けて』って言えるのかな？　私には想像も出来ない程、難しいオペなんだろうな。助手として精一杯役目を果たそう）

牡丹が自分の将来を考えていた時に、先生からある一言を告げられた。

「これより、帝王切開を行う」

「えっ？」

聞き慣れている手術方法に、牡丹は耳を疑った。

「まだ赤子は小さいだろうが、取り出せない範囲じゃない。逆に強制的な自然分娩で赤子が未熟児や奇形で産まれることを懸念する障害もだ。そちらの方向に陥る危険性を回避する」

「待ってくださいよ、先生！」

「何だね。命は待ってくれないのだよ」

「ハンチントン病でしたっけ？　それを治すんじゃ」

「この患者が一度でも自分を治して欲しいと言ったかい？　自分の子供を助けて欲しいと懇願してきた。私はその願いに手を貸すだけだよ」

先生の言葉を聞いて、牡丹は手術室に入る前の由美のことを思い出した。

（そうだ。由美さんは一度も自分の病気を治して欲しいなんて言ってない）

「何をしているのかな。メス」

「は、はいっ！」

（先生はきちんと患者の思いを汲み取っていたんだ）

その後、緊迫した中で帝王切開のオペが行われる。

「赤子を掴んだ。少し小さいね。牡丹ちゃん、そこのカバーのかかった台をこちらへ」

赤子を牡丹に預け、先生は帝王切開した箇所の縫合を始める。赤子は専用の台の上で手足を動かしていた。

（あれ、赤ちゃんが泣かない!?）

「先生！　赤ちゃんが声を上げません！」

「ん？」

手早く縫合を済ませた先生が牡丹の呼び声に応えて、赤子を逆さにして背中をぽんと叩く。すると、赤子は大きな産声を上げた。

「わぁっ！」

「患者赤子共に暫しの間、入院だね」


その後。

由美は屋敷で入院兼療養することとなった。

赤子は帝王切開で無事に産まれたと耳にしたが、まだ自分の子供の姿を見ていない由美は不安に押し潰されそうだった。

「私の赤ちゃん……」

そんな由美の元へ、牡丹が訪れる。

「由美さん。先生が呼んでいます」

牡丹は由美を連れて診察室に入った。そこには、よれたネクタイにぼさぼさの髪をした先生がデスクに座っていた。

「お子さんは健康体で産まれましたよ。現状の遺伝率はほぼ〇％です」

「っ、本当ですか！」

「ええ。特殊な機械で調べましたから間違いないかと。ただ、今後の発症率は保証しません」

「ああ、神様！　無事に産まれてくれただけでもう……！」

「由美さん、よかったですね。あとは由美さんが歩けるようになったら、赤ちゃんと一緒に退院ですよ」

「いや、まだだ。由美さんのオペが終わっていない」

「え？　由美さんのオペ？」

由美は首を傾げる牡丹に、優しい笑みを見せた。

「可愛い助手さん、今度は私の手術です。もう少しだけ先生をお借りします」

（どういうこと？）

手術室。

「先生、赤ちゃんは無事だったんですよ。何で今更由美さんの手術なんて」

「私は彼女と約束したんだ。謝礼を頂くんだよ」

入院個室。

数日間眠っていた由美が目を醒ますと、牡丹が赤ちゃんを連れて部屋にやってきた。

「由美さん、失礼しますね。赤ちゃんとのご対面です」

牡丹は腕に抱いていた赤ん坊を手渡すと、由美は声にならない声を上げて泣き出した。

同時に、赤ん坊も健康的な声で泣き出す。母子の嬉し泣きだった。

牡丹は、その様子を微笑ましそうに見つめた。

（ああ、赤ちゃん。私の赤ちゃん。無事に産まれてくれたのね）

そう、由美の声が聞こえてきそうな程、部屋一面が幸せに包まれた。

「ひひっ。気分はどうですかな？」

「うわっ！　もう先生ってばいきなり入ってきて吃驚《びっくり》するじゃないですか。ノックぐらいしてくださいよ」

由美は先生に対して泣きながら頭を下げ、行動で最大の感謝を伝える。ぼろぼろと頬を伝う涙がベッドのシーツを濡らした。

「あなたは私の患者となったので、一応カルテを持ってきました」

というと、先生は分厚く束になったカルテを由美に差し出した。

「これに目を通してくれたまえ。持ち帰ることは厳禁だからね」

由美は赤ん坊を片手に抱いてカルテを受け取る。そこに書いてあったのは、あまりにも難し過ぎる医療用語の羅列。だが、最後の項にはわかりやすいように、今後気をつけることの一覧が書いてあった。

「ひひひっ。何かあれば、あなたはまた、この屋敷まで辿り着いていることでしょう。どうか、お子さんとお幸せに」

由美は涙したまま、先生に向けて深々と頭を下げた。


退院当日。

最愛の子供を抱えた由美は、先生と牡丹に手を振り、元気にこの屋敷を去って行った。

長い長い林の中を歩く由美の背中を牡丹がじっと見つめる。

「まさか、帝王切開をするとは思わなかったけど、とても嬉しそうでしたね」

「ああ。彼女なら旦那さんがいなくても、きっと立派に子供を育てていけるだろう」

「でも、由美さん。どうして最後まで何も喋らなかったんだろう？　さようならとか、お元気でぐらいの挨拶交わしたかったたな」

「それはね、報酬の代わりとして私が彼女の声帯を貰ったからだよ」

「は、はああっーっ」

「ちょうど声帯のストックが切れていてね。それにあの二人の家族なら、たとえ片方の声が聴こえなくても愛情で乗り越えていけると思ったからさ」

「声帯って、じゃあ、由美さんの手術って、まさか声帯の……」

「当たりだよ。ひひっ」

「それじゃあ、折角無事に産まれたお子さんと意思疎通できないじゃないですか！」

「牡丹ちゃん。意思疎通というものは、何も声だけで行うものじゃない。私が話を持ちかけた時、彼女は命を懸ける愛を、既に知っていたんだろうね」

（先生。私はたまに先生がわからなくなる時があります。あなたは一体……）

～CASE. 4～　トリーチャーの鋏

雲の流れが速い晴天の土曜日。

牡丹はリビングで、瓶詰にされた目玉を眺めてうっとりしている先生に苛々しながら声をかける。

「先生、たまには買い出し行ってきてくださいよ。いつも私ばかりじゃないですか」

「えー」

先生と牡丹は、じゃんけんで買い出しの係を決めることがあった。そのじゃんけんでは、牡丹は負けっぱなしだった。そこで、牡丹は先生に直接お願いをする。

「えー、じゃないです。もう食料品も尽きてきたんだから、いろいろ買ってきてください。ただし、無駄遣い禁止ですよ！」

牡丹がこう言うのも、先生に以前買い出しを頼んだ際、全く的外れな物を買ってきたことがあるからだ。

その際、先生は夜中まで帰って来なくて、帰宅したと思ったら意味のわからない研究セットを買ってきたのだった。

「前に先生に買い出しを頼んだ時は、寄生虫の標本やら人の指やら買ってきて」

「嗚呼、そんなこともあったね」

「とにかく！　今日はちゃーんと買い出しして来てくださいね。食べ物ですよ、食べ物！　ちゃんと、人間が食べれる食べ物でお願いします！　ゲテモノは省きますからね!?」

子供のように肩を落とす先生に牡丹が必要な物を書いたメモを渡す。メモを受け取った先生が遠慮がちに片手を上げる。

「はい」

「何ですか？」

「先生はひっじょーーーーに気が乗らないです。人間が口にする物なんて化学調味料やら着色料やら満載で……」

言い訳を繰り広げる先生を、牡丹の冷たい視線が射抜く。

「こーれーが、お金です。落とさないでくださいね」

牡丹の怒りの籠った声に、先生は押し負けて苦笑いを浮かべた。

「……はい」

そして、牡丹に意見することを諦めて、お金とメモを白衣のポケットの中に入れて玄関へ向かう。

「商店街はこの林道を抜けた先にありますからね。迷子になったら電話ください」

「はいはい。では、行ってくるよ」

商店街。

「ここが商店街か。買い物はいつも牡丹ちゃんに任せっきりだったからなぁ」

先生が独り言を呟きながら商店街までやってくる。

商店街のアーケードを潜ると、早速見知らぬご婦人に声をかけられた。

「ありゃ、真っ白な長い髪。綺麗だねぇ、外国のモデルさんかい？」

「いえ、日本人ですよ。ご婦人」

さらっとした交流を取ると、先生はポケットに入れていた買い出しメモを取り出す。

「あの、日用品を買いに行きたいんですが、この周辺のスーパーわかりますかね？」

「ああ。それなら、そこの美容室を曲がってだねぇ」

二人でメモを見ていると、

「待て！　巽《たつみ》！」

商店街の角から怒鳴り声が聞こえた。そちらを向こうとした瞬間、真っ白な仮面で顔を隠した男が先生にぶつかってきた。

男と先生は一緒に地面に倒れる。その衝撃で男の仮面が地面に転がった。

「あいたたた」

「はっ……すみません！」

男は仮面を着け直すと、商店街から走り去ってしまった。

「大丈夫かい、モデルさん」

先程まで話していたご婦人が心配して声をかけてくれる。

「後頭部に鈍痛。他器官異常なし、と。失礼、あの子は？」

「深谷《ふかや》美容室んとこの息子さんだよ。またお父さんの賢一《けんいち》さんと喧嘩したのかねぇ」

「あの子、仮面をつけて」

「それでね、スーパーは……あら？」

先程ぶつかってきた人物の説明を聞き終えると、先生はその場から忽然と姿を消していた。

先生は仮面で顔を隠している巽と呼ばれる男を追った。すると、巽は商店街の端にある駐輪場のフェンス付近に座り込んでいた。

「僕なんて、僕なんて、くそっ。どうしてわかってくれないんだ」

「ふむふむ、発見」

フェンスに背を預け、座り込んでいる巽の前に白い髪が降りてくる。

「え、うわあぁっ！」

先生はフェンスの上に立ったまま、巽に話しかけた。

「……な、何ですか、あなた……」

「先程ぶつかった者だよ。私は軽傷で済んだが、君。そう、君だ。ぶつかった際に怪我をしたかもしれないね。私の屋敷に来てくれ」

屋敷。

「ただいまー」

「おかえりなさーい。ちゃんと買い出し済ませて……ん？　お客さんですか？」

「深谷《ふかや》巽《たつみ》君。買い出しの途中にぶつかってしまってね」

巽は先生に言われるまま、屋敷に連れてこられた。牡丹はスリッパを用意して巽を屋敷内に招き入れる。

「ごめんなさい、うちの先生が。上がってください」

「い、いや……あ、ありがと、う……」

リビング。

「この屋敷は牡丹ちゃんと私しか住んでいないから楽にしていいよ」

「う、あ、その」

巽が戸惑って俯くと、顔に嵌めていた仮面がコロンと床に落ちた。巽は慌てて仮面を拾おうとする。

「君もその仮面暑いだろう？　牡丹ちゃん、空調を。って、またエアコンのリモコンがない！」

「それは先生が探してください。なくしたの先生でしょう。巽さん、飲み物何がいいですか？」

巽は酷く困惑した。理由は巽の顔にあった。

「あ、あの……お二人とも……僕の顔を見て……驚かないんですか？」

その質問に先生と牡丹は顔を見合わせる。

そして、二人共同じ返答を出した。

「全然」

「はい、まったく」

（な、なんなんだ。この人達は）

意を決して顔を上げた巽。その顔は、不均等に垂れ下がった眼、耳はエラの位置に落ちていて、片側の頬骨が凹んでいた。

「君の症例なら知っているよ。トリーチャーコリンズ症候群だろう」

「え？」

「こう見えても私は医者でね、その症例なら何人も診《み》てきた」

こう見えて、という先生だったが服装だけは医師そのものだった。

私服の牡丹も丁寧に挨拶をした。

顔を晒しても対応を変えない先生と牡丹を眼の前に巽は涙を流した。

「くっ……うぅ」

「ま、ここではゆっくりしたまえ」

一時間後、リビング。

「改めて、初めまして。僕は深谷巽といいます。美容の専門学校に通う二年生です。母は幼少期に事故で亡くなってしまって、父は商店街で美容室を経営しています」

牡丹は、巽の話を聞きながら、三人分の紅茶を用意してリビングのテーブルに運んだ。

「僕はこの顔のこともあって……中学高校と虐めにあったので、今は顔を隠して学校に通っています」

「ふむ。美容師の学校ねぇ。ひひっ、きっと様々な芸術が生み出される場なのだろう。そういった意味では興味深いね。というと、巽くんは深谷美容室の跡取りとなるのかな？」

先生は甘すぎる程の紅茶を片手に、泣き過ぎて目を真っ赤に腫らした巽に声をかける。

「はい。うちは兄弟もいなく、美容室を継げるのは僕しかいませんから。何より、今まで父の背中を見て育ってきました。美容師になりたいというのは僕自身の夢でもあるんです」

「それは素敵な夢じゃないか」

「あ、ありがとうございます。もうすぐ美容師の試験があるんです」

「ほう」

「だけど、この顔じゃあ、仮面を着けたままの試験なんて許されないだろうし……困っているんです」

「君の顔は個性だと思うがね」

「そんな簡単なことじゃ……」

　そこで、牡丹が二人の会話に口を挟んだ。

「そもそも、巽さんの抱えてるものって何なんですか？」

　先生は、大理石で出来たテーブルにティーカップを置き、牡丹に向かって巽の症例を話し始めた。

「先程も言った通り、巽君はトリーチャーコリンズ症候群だ。これは常染色体優性先天性疾患の一種であり、顔面の骨が不形成な状態で産まれる。原因は遺伝子の突然変異で、その症状は思いきり見た目に現れるものさ。そのため、人々から理解されないことが殆《ほとん》どだ」

「その通りです。外見に、それも顔面に出るもので虐めを受けてから部屋に引き籠るようになりました。僕が何をしたっていうんだ！　ただ産まれただけじゃないか！」

　興奮する巽を宥めるように、先生が優しい口調で諭す。

「巽君。世の中とは理不尽なものだよ。けれど、私はその中に救いが含まれていると信じてやまない」

　巽は先生の言う言葉の意味がわからず、ぽかんとしていると、玄関のチャイムが鳴った。

「牡丹ちゃん、出てくれるかい？」

「はーい」

　牡丹が玄関へ出向くと、見たことのある五十代辺りの男性が怒りの表情を浮かべて立っていた。ドアを開けると男性は興奮した様子で突っかかってくる。

「ここに、うちの巽はいないか？　巽！　いるんだろう！」

その男性は靴を脱ぐとずかずかと屋敷内へ上がり込んでくる。

「なっ、何なんですか、一体！」

牡丹も混乱する中、男性はいろいろな部屋を覗き、リビングの扉を開けた。

「父さん！」

「巽！　こんな所にいたのか！」

「ひひっ。おやまぁ、こんな所とは失礼だねぇ。これでも大事なお屋敷なんだがね」

巽の父と思われる人物は、息子が仮面を外している姿を見ると、顔を真っ赤にして巽の腕を引っ張った。

「外で仮面を外すなと、あれ程言っただろう！　帰るぞ！」

「い、嫌だ……帰りたくないっ！」

「儂《わし》の言う事が聞けんのかっ！」

「聞けない時は聞けないですよ。だって、人間たる者、自分の意思というものがありますから」

紅茶のお代わりに席を立った先生がさらりと言ってみせる。

「なんだ、お前は！」

「屋敷の家主です。人の家で親子喧嘩されても困るんですよねぇ」

その一言に巽と父親は黙った。

「牡丹ちゃん。巽君をお願いできるかな?」

「わかりました」

「私はお父様とお話ししてくるよ」


数時間後、深谷美容室二階にて。

「先程は興奮していて失礼なことを。なんとお詫びしたらいいのか……」

先生が通された二階の部屋は仏間だった。

「いえいえ。親が子を心配する気持ちはわからなくもないですから、お気になさらず」

「それに、まさかお医者様だったとは」

先生は巽の父である賢一の話を聞きつつ、仏壇を見た。

「あの方が、巽君のお母様ですね?」

「はい。儂の妻です。巽は遅く産まれた子でして、それはそれは大事に育ててきました。ですが、妻が買い物に出掛けた際、不慮の事故に遭い……それから男手一つで育ててきたんです」

仏壇に飾られた奥さんの写真は向日葵《ひまわり》の花を持って笑顔を見せていた。

「奥様は、とても明るい方だったんですね」

「それはもう。巽の全てを受け入れ、何事にも屈しない太陽のように明るい妻でした」

先生が仏壇に向かって手を合わせると、背を向けたまま賢一に話しかけた。

「どうして、巽君の夢に反対なんですか？　何《い》れ《ず》は跡取りになるべき存在でしょう。うちの牡丹ちゃんから聞きましたよ。この美容室は県外から通っている人も多いと」

「そ、それは、儂が親として巽を守りたいからです。幼少期から人とは違う外見をしている巽には友達が出来ませんでした。化け物と呼ばれ石を投げられることもありました。子供に傷付いて欲しい親なぞおりません」

昔を思い出し、硬い拳で目尻を拭う姿を先生は黙って見守っていた。

「儂は、巽にこれ以上傷付いて欲しくないだけなのです」

「賢一さん。巽君に美容師試験を受けさせてください」

先生は賢一の話を聞くと、口角を上げてくすくすと笑い始めた。

「………………」

「なっ！　先生、何を」

「あなた、重大な秘密を隠し持っていますね」

「っ!?」


美容師試験当日。

「ぼ、牡丹さん。僕、本当に試験に出ていいのかな？」

「弱気になる必要なんてないですよ。私も先生も応援してますから」

牡丹に背中を押されて、巽は試験会場である美容師試験センターに到着する。

「巽さん。美容師の試験って、どうやって行われるんですか？」

「えっと、筆記と実技とか……。そういえば、先生は？」

「急患で来れないって連絡があったので。だから、私が付いて来てるわけなんです」

話している間にも、会場にはぞろぞろと受験生が入っていく。

「うぅ、緊張する。他校からも大勢の人が集まるんだ。この仮面見られるだろうな。それに試験官にはうちの学校の先生も来るって」

「巽さんなら大丈夫ですよ。今まで頑張ってきたんだから緊張を解して、胸を張ってください」

巽は仮面を着けたまま、深呼吸をして試験会場に入っていった。


筆記試験会場。

巽は、番号が書かれた席に座り机の上に筆記用具を並べた。

「えー、これより筆記試験を行う」

試験官の合図と共に試験が始まる。

(わかる。全部の答えが頭に浮かんでくる。小さい頃から父さんを見てきたから……いや、あんな親父)

そこへ試験官が通りかかる。仮面を着けた巽を目にして、もう一人の試験官と何やら話をしている。巽はしっかりとその会話を聞いていた。

「そこの受験者、幼少期に顔面に火傷を負ったと保護者から聞いております」

「んー、ならば仕方ない。学校への報告は済ませてあるだろうからね」

（そうだ。僕は学校に入学する時、この症状を火傷として報告した。それが伝わっているはず……いけない、今は集中するんだ）

試験官達の会話に気を逸らされぬよう、巽は筆記試験に集中した。

筆記試験が終わった所で、実技試験が行われる広い会場に案内された。大量の受験者がいるため、実技試験はすぐに行われた。


実技試験会場。

「実技の試験官を担当する草加《くさか》だ。受験生諸君、尽力を尽くし試験に挑《いど》むように」

（草加試験官ってうちの学校の厳しい先生だ。何かと僕につっかかってくる先生が試験官だなんて最悪だ）

その頃、牡丹は廊下からこっそり試験会場を覗いていた。そこに先生が往診の鞄を持ってやってくる。

「先生。こっちですよ、こっち」

「いやぁ～、遅れてごめんね」

へらへらと笑ってみせる先生に対し、牡丹は呆れて溜め息を吐いた。

「先生、反省してないでしょ？　今から実技試験が始まるんです。会場のほら、あそこに巽さんが」

　二人は保護者のふりをして、実施試験会場である扉の隙間から、会場内の様子を窺った。

　会場内には十数名の受験者がいた。

「巽さん、頑張って」

「では、試験始め！」

　草加試験官の声で皆が一斉に実技試験に取り掛かる。

　巽は手慣れた手つきで試験用の髪をカットし始める。その手つきは誰よりも速かった。

　だが、草加試験官は巽の前で足を止めた。

「おやぁ？　君、うちの学校の生徒だね？　なんだね、その仮面は。学校では許してもね、試験では許されないんだよ」

　草加試験官の声が廊下まで響く。

　怒りから今にも飛び出していきそうな牡丹を先生が止めた。

「……わかりました」

　巽が意を決して仮面を外すと会場から、ざわざわとどよめきの声が上がる。ぐちゃぐちゃで、形成されてない顔、恐らく他の試験者が今まで見たことのない顔。

「先生！　今すぐ巽さんの顔を治して！」

「医者はそこまで万能じゃない。治せるものなら、とっくに治しているよ」

「き、君っ……深谷君！　親御さんからは火傷をしたと聞いているが、な、なんという！」

草加試験官が動揺する中、巽の隣にいた女性の受験生が鋏《はさみ》を落とした。巽はそれを拾って彼女に渡す。

「……落ちましたよ」

「あっ、ありがとう、ございます」

その受験生は遠慮がちに、巽が拾ってくれた鋏を受け取った。

「深谷君。君がいるとねぇ、他の受験者が困るんだよ。気が散ってしまうだろう？　ほら、そのねぇ、見た目というかね」

草加試験官は巽の耳許《みみもと》でぼそりと囁く。

「何よ、あの意地悪な試験官！」

「まぁ、見ていなさいって」

廊下で見ていた牡丹の口からぼろぼろと不満が溢れる。

巽は試験官の悪魔の囁きに戸惑っていた。

そんな時、背後から誰かが草加試験官の肩を叩いた。

「何だ、今忙しっ……学園長!?」

「草加くん。彼に試験を受けさせなさい」

「で、でもですね、滝口《たきぐち》学園長。他の受験生が動揺して……」

「誰か動揺でもしているかね？」

巽も学園長も試験官も受験会場を見渡す。

受験生の皆はきりっとした顔立ちで立っていた。

そこで、先程巽に鋏を拾ってもらった女性が口を開く。

「お願いです。この人に最後まで受験を受けさせてあげてください」

その言葉に続くように、他の生徒も声を上げる。

「俺達、差別は大嫌いです！　顔立ちで差別されるぐらいなら、この試験辞退します」

「僕も試験官が差別を行うなんて聞いたことありません。これは異例の事態です」

「私も草加試験官がいない時にまた受け直します」

廊下で様子を見ていた牡丹は、驚きの展開に眼を丸くした。

「この巽さんという方は自分の試験よりも、ライバルともいえる私の鋏を拾ってくれたんです。自分の試験時間が減ってしまうにもかかわらずですよ？　集中力が途切れてしまうかもしれないのにですよ？　心が凄く綺麗な方、試験官とは大違いです！」

「失礼だぞ！　君達！」

仮面を外した状態で茫然と立ち尽くす巽。

そこへ滝口学園長から受験者の皆に対して声がかかった。

「おほんっ。うちの試験官が失礼をしたね。今から試験を再開する。勿論、時間は始めからだ」

「は？　何を言ってるんですか、学園長！」

「よーい、はじめっ！」

最終審査員兼滝口学園長からの一声で一斉に受験生が動き出す。

（くぅ～！　受験生のガキ共め。どうせ落ちるだろう、このままでは私の立場が危《あや》うい。学園長もいる前で減給は確実だ。失敗しろ、深谷巽！）

試験終了後、
各自に合格か不合格を含めた成績表が配られた。巽は満点に近い点数で見事に合格していた。

「ご、合格だ！」

巽が喜んでいる中、その合格証は草加試験官に奪われてしまった。

「ふんっ、仮面を被って嘘を吐いた上に皆を惑わせた。君の合格は取り消しだよ」

「え、そんなっ……」

草加試験官に合格証を奪われた巽は絶望した。

（やっぱり、僕は受け入れられない存在なんだ……）

その時、大きな音を立てて試験会場の扉が開いた。

全員が扉の方を見ると、そこには巽の父、賢一が息を切らして立っていた。

「とうさ、ん？」

「おやおや、深谷君のお父様ですか。息子さんは合格しましたが、他の受験生を動揺させたことで不合格とさせていただきます」

賢一は草加試験官の言葉に耳も貸さず、ずかずかとした大股歩きで合格証を取り上げる。

「なっ、何をするのですか！」

「これは息子の合格証だ！　息子が持つべきものだ！　それでも納得いかないなら、これを見ろ！」

賢一が、草加試験官に向けて右手を向ける。

「ひぃ！　殴るんですか！　……え？」

草加は賢一の手を見て心底驚いた。

「儂は多関節症《たかんせつしょう》だ。これで長年美容師をやっている。差別するのであれば、息子と共に差別してくれ！」

廊下で会場を見ていた牡丹が、先生を見上げた。

「多関節症？」

「私が賢一さんの御宅にお邪魔した際にね、見たのだよ。彼の指にはあるはずのない第四の関節があるということを」

その指を目にした時、草加はまずいと反射的に苦笑いを溢した。

「あ、あはは……」

「もしかして深谷って、深谷美容室？」

「知ってる。私の友達、県外だけど月一でそこに通ってるんだ」

「俺も噂に聞いたことがある。口コミで評判だよな」

そこへ、学園長の滝口がやってきた。

「深谷さん。合格は合格です。それから、貴方がたの親子愛には感激しました。合格した巽くんを心からお祝いしてあげてください」

「父さんっ！」

二人が抱き合ったのを見届けると、先生は牡丹と共に試験会場を後にした。

「ねぇ、先生。多関節症って何？」

「多関節症とは普段ないべき所に人より多くの関節があることを示す。賢一さんの場合はそれが指にあった。第四の関節や第五の関節がある者もいるのさ」

「先生はそのことに気付いていたんでしょう？　なんで治さなかったの？」

「治す必要がなかったからだよ。この症状は基本的に痛みを感じるものでね。人より関節が多いため、部位が歪んだり腫れて炎症や痛み及び変形進行の症状が出てくる。だが、賢一さんの指は真っ直ぐで痛みも感じていなかったのだよ」

「つまり、痛みも変わった変形もなく、真っ直ぐに伸びていた？」

「そういうことだね。巽君のトリーチャーコリンズ症候群は、もう少し医学が発展してから治すよ」

先生は症例を説明すると、牡丹より先に出口へと歩き出した。

「待ってくださいよ。素敵な親子愛でしたね、私なんだか嬉しいな」

「そうだね。何処かの写真で見た向日葵みたいだったよ」

「向日葵？」

「二人共、空に向かってそんな花を咲かせるんだろうねぇ」

牡丹は写真のことを追及しなかったが、先生の穏やかな声を聞いて胸が温かくなった。

喜びと感激から先生の腕に自分の腕を絡ませる。

「どうしたんだい、牡丹ちゃん。もしかして具合悪い？」

「も～！　先生の鈍感！」

（私に両親はいないけど、先生がいれば今は充分。今がとっても楽しい）

「晩ご飯、カレーでいいですか？」

「えー、ケーキがいい」

「それ、ご飯じゃないです！」

～CASE. 5～　マルファンの来訪者

休日、雨天の屋敷にて。
来客を知らせるチャイムが鳴った。
「先生、患者さんですよ。先生ー」
返事がないことに気付くと、牡丹は先生が今朝から出掛けていることを思い出した。
（確か、先生は薬品類を買ってくるって言ってたっけ）
その間もチャイムの音が鳴り続ける。
「うわっと、やば！　はーい、今出ます！」
来客が帰ってしまうと、慌てて玄関に急ぐ。
しかし、扉を開けると、そこには誰もいなかった。
（はぁ、間に合わなかった。大事なお客さんだったらどうしよう）
ドアを開けて屋敷の周囲に誰もいないことを確かめて、がっくりと肩を落とす。
（でも、先生に用事があるなら、また来てくれるよね）
そう思いつつ、牡丹は自室のある二階へ上がった。
この屋敷はとても広い。大広間と呼べるリビングの他に、いくつもの部屋が存在している。一階には先生の部屋があり、診察室も手術室もそこにある。地下室まであり、そこは薬品庫となっていた。

(先生がいないと暇だなぁ。ただの留守番ってこんなに暇なんだ。次のテストの予習でもしようかな)

そう思い、長い廊下を歩いていると、ふとある一室が目に入った。

(この部屋……)

そこは、鍵のかけられた一室であった。

先生から絶対に入ってはいけないと言われている部屋だ。牡丹は惹かれるように、その部屋の前に立った。

(確かここって、先生のコレクションルームだったっけ?)

先生のコレクションといえば、奇妙な物しか想像がつかなかった。

皮膚やら目玉やら意味のわからない臓器やら、もしかしたら寄生虫なども保管しているかもしれない。

牡丹は謎の好奇心から、その部屋のドアノブを回してみた。

ガチャガチャ、
しかし、鍵の掛けられた扉は開くことはなかった。

(ここだけ入ったことないもんね。先生の大事な部屋なんだろうな。勝手に入っちゃ駄目だ)

そう思い、ドアノブから手を離した瞬間、カチッという音を立てて扉が開いた。

「えっ、嘘!?」

突然開いたドアに牡丹は動揺した。

そのドアの先に、何が待っているのかわからない。それでも牡丹は何かに惹かれ、閉ざされた部屋に足を踏み入れた。

「お、お邪魔しまーす……」

緊張から、誰もいない部屋に向かって挨拶をする。

「けほっ、げほっ！　何ここ、埃臭い！」

そこは窓のない部屋だった。長年誰も入っていないのだろう。室内は埃にまみれて、異臭ともいえる臭いが立ち込めていた。

異様な臭いが嗅覚を襲う。室内には古びた棚。それに木製の椅子があるだけだった。

棚には沢山の標本が置かれていた。人の手、人の足、指、皮膚、目玉、動物丸ごと、そこはまるで腐った美術館のようだった。

(暗い。不気味だし、先生が好きそうな部屋だなぁ。勝手に掃除したら怒られるかな)

牡丹が室内の電気のスイッチを探していると、身体中が凍りつくような寒気がした。

(なんだか、怖くなってきた)

「お嬢さん、そこで何をしているのかな？」

「ひっ！」

牡丹が部屋を後にしようとすると、背後から野太い声がした。

振り返ると、そこには身長２ｍ程の老紳士が立っていた。あまりの恐怖に牡丹はその場に卒倒した。

（お化け……いた、んだ……）

老紳士は倒れた牡丹を丁寧に抱き上げる。

その際、室内にある棚から何冊もの本が落ちてきた。偶然にも開かれた本の頁はセピア調で一面染まっていた。

「ああ、お懐かしい」

老紳士は牡丹を片腕に抱え、落ちた本を数秒懐かしんだ後、それを元の位置に戻し、その場を後にした……。


午後三時。

屋敷の扉が豪快に開く。

「じゃじゃーん！　おやつの時間だから帰ってきたよ～！　今日のおやつは何かなぁ？」

先生が医療用の鞄を持って帰宅する。

いつものようにリビングへ行くと、長身でスーツを着た老紳士と鉢合わせる。

二人は顔を合わせると、一瞬で双方が何者か悟った。先に声を出したのは先生だった。

「やぁ、アルバート。久しぶりだねぇ」

「教授殿《きょうじゅどの》！　お会いしとう御座いました！」

その名称に先生は凍り付きそうな程、冷たい視線を向ける。

「牡丹はどうした？」

「私を見て気絶されたので、ベッドまでお運び致しました」

「それはどうも、アルバート。ひひっ。マルファン症候群の君が私に何か用かな？」

先生は牡丹の安全を知ると、医療鞄を置いてソファに腰掛けた。

「私は教団から逃げて以来、貴方様を探しておりました！　数少ない仲間も死に倒れ、それでも教授殿にお会いするため……！」

興奮してつい早口になる老紳士に、先生は席を勧める。

「アルバート、君も座りたまえ。何しろ久しぶりの再会だ」

アルバートと呼ばれる人物は、大理石のテーブルを挟んで先生の対面の席に腰を下ろす。

「私は今は教授ではない、先生だ。そう呼びたまえ。それで、ここに来た理由とは？　治療かい？」

先生の言葉を聞くと、アルバートは２ｍ以上ある身体を丸め、深々とお辞儀をした。

「どうか、どうか、私を先生殿《せんせいどの》の元に置いてください！」

その切なる願いに先生は眼を逸らした。

「てっきり、治療に来たのかと思ったのだがね。そういうことか」

「貴方様の元に私を！」

「君のマルファン症候群は解明されている難病よりも多種多様な器官に影響を及ぼす。アルバートの場合は高身長及び長い手足、背骨や胸郭の異常、柔らかい皮膚や関節を持つ。一先ず、診察をしようか」


牡丹の部屋。

「ん、んう……」

（あれ、私どうしてここに？　自分の部屋？　なんで寝てるんだっけ？）

牡丹は卒倒したため、記憶が混乱していた。

自室を出て一階に下りてみると、リビングで話し声が聞こえた。

（先生の声だ。帰ってきたんだ）

「お願いです！　この場を探し出すのに何年かかったか！」

（先生と誰かが言い争ってる？）

リビングから聞こえてきた声に、先生に何かあったのだと察して、牡丹はその身一つで飛び込んだ。

「先生を傷付ける者は私が許しません！」

「牡丹ちゃん!?」

「貴女《あなた》はさっきの！」

牡丹が卒倒する直前の出来事を思い出す。

「お嬢さん、先程は驚かせてすまなかったね。私は先生殿に用があって」

「先生！　この人、勝手に屋敷に入ってきたんです！」

「兎に角、二人共落ち着きたまえ」

先生がその場を収めると、改めて二人を紹介した。

「牡丹ちゃん。この人はね、アルバート・B・ラウラーといってね。私の古き知り合いなのだよ。そして、アルバート。こちらが宝条牡丹ちゃん。この屋敷で一緒に暮らしている女の子だよ」

「先生の知り合いなんですか？　もしかして、チャイムを鳴らしたのって……先生に何の用なんですか」

「ここは、出直した方がよさそうですな」

牡丹の剣幕に自分は邪魔な存在だと感じたアルバートは立ち上がり、玄関へ向かう。

「吃驚《びっくり》したじゃないですか。知り合いが来るなら前もって言ってくださいよ」

アルバートが玄関へ向かう姿を見て、先生は彼の異変を感じ取った。

「待ちたまえ！」

先生が声を上げた直後だった。

―バタァァァン……

玄関で大きな物音がした。

先生と牡丹が急いで玄関へ駆けつけると、アルバートが痙攣を起こし倒れていた。

「だ、大丈夫ですかっ！」

「牡丹ちゃん、手術室開放だ！」

「でも……」

「命に、でももけどもあるか！　急ぐんだ！」

「はい！」

アルバートを乗せた大型ストレッチャーが手術室に入っていく。その体格は大きすぎて手術台からはみ出す程だった。

「先生、麻酔の準備が出来ました」

「執刀医は私。患者はアルバート・B・ラウラー。病名マルファン症候群。術式開始」

牡丹は先生の助手を務める。先生からはいつもより鬼気迫る感じがした。何か大切なものを守るような緊迫感だ。

「電子ノコギリを取ってくれ」

「はい」

指示通り、大きな電子ノコギリを手に取り先生に渡す。すると、先生はアルバートの足を根元から切っていった。流石にその行為を見て、牡丹が先生を止める。

「先生、何やってるんですか！　その人、足怪我してないじゃないですか！」

「止めるんじゃない。早く止血剤を」

そこから更に先生の指示が続く。

「手術室の冷却庫に保管している四肢が入っている。アルバートの細胞から摂取したものだ。手術台の横に並べてくれ」

またもや牡丹は指示通りに動くと、そこには巨大な瓶に詰められた四肢が入っていた。血飛沫まみれの手術室の中で気絶しそうになりながらも、必死に正気を保って四肢の入った冷凍瓶を手術台の横へ運ぶ。

「よし、肩関節下部及び股関節の切除完了。心電図は？」

「うぅっ……うう」

四肢がバラバラになったアルバートを見て、牡丹は座り込んで嗚咽《おえつ》を漏らしていた。先生はアルバートに止血剤を投与してから牡丹に近寄り声をかけた。

「これはね、君にはわからないことかもしれない。どうしてこんなことをするのか。でもね、私はいつだって患者の人生を救う行為をしていると、自分に誓ってやまない」

「うぅっ……わ、わかって……ます」

涙を拭った牡丹は弱々しく立ち上がり、両手両足がなくなった患者を見詰める。

「これより四肢の結合手術に移る」

先生はあらかじめ用意していた冷凍保存状態の手足を切断された患者に合わせた。

「ひひっ、ぴったりだ。さて、神経を繋げて動かせるようにするよ。よって細かな作業に入る。神経の一本一本を繋ぎ合わせなければならないからね」

（神様でも出来ないようなことを、何故先生はやってみようとするんだろう）

「牡丹ちゃん、切断した両手足は私の背後にある、銀台に乗せてある。患者から切り離した手足は瓶に入っていた時と同じように、新しい瓶に入れて冷凍保存してくれたまえ。腐敗しないようにしっかりと保管して、それで君の仕事は終わりだ」

めまぐるしい展開に牡丹の体力は既に限界にきていた。最後の仕事を終えると、手術室を出て廊下にある長椅子に横になった。

（……先生が手術してる影が見える）

…………


それから何時間が経っただろう。

牡丹は手術室前の長椅子で眼を醒ました。

鳥のさえずりで今が朝だということを悟る。

牡丹はぼーっとしながら、周囲を見回した。そして、昨夜のことを思い出した。

急いで手術着を脱ぎ、リビングへ走る。リビングにはティーカップを片手に、ソファに座っている先生の姿が見えた。

「やぁ、牡丹ちゃん。昨日はありがとうね」

「昨日の……夢じゃなかったんだ」

「あ、そうだ。私は空腹なのだよ。牡丹ちゃん、朝食を作ってくれるかい？」

「……はい」

先生はいつも通りあっけらかんとしていて拍子抜けした。牡丹はキッチンに入り、冷蔵庫を開ける。

（お米が切れてるから、パンでいっか）

牡丹は食パンにハムを挟んでサンドウィッチにしてリビングまで運んだ。

「こんな物しかありませんけど」

「ありがとう、充分だよ」

「それより……」

「嗚呼。それよりもね、牡丹ちゃんに紹介したい人がいるんだ。出ておいで」

（私に紹介したい人？）

先生の言葉を聞くと、小学校高学年ぐらいの男の子がリビングへ入ってきた。その子の存在は、未だ悪夢の中にいるような牡丹の脳を起こした。

「か、可愛いー。先生、この子は？」

「牡丹《ぼたん》お嬢様《じょうさま》、昨夜は私めのために奮闘してくださり、大変ありがとう御座いました」

「え？　どういうこと？」

「その子はアルバートだよ」

「アルバートって、昨日手術した患者さん？　なんで、あんなに大きかったのに……助かったんですか？　でも、どうしてこんな小さな姿に？」

「彼の身体には限界が来ていた。長年生きているため、様々な箇所に崩れが見えた。そこで私がアルバートの病の進行を止めるために新しく肉体を造り替えた。入れ替えたと言っても間違いではないね。痙攣を起こした脳の一部も治しておいたよ、ひひっ。それにねぇ……歩き回りやすいように身長も子供っぽく縮めてみた。これで外に出ても変に目立たないだろう？　牡丹ちゃんも怖がることはなくなる」

牡丹がアルバートの身体をまじまじと見る。

その瞳は、『人間にこんなことが出来るのか』という疑問を含んでいた。

（どこにも手術痕が見られない。夢だと思ってたのに、あれは本当だったんだ）

「アルバート。君は自分の身体が限界だと感じたから私の屋敷にやってきたんだね？」

「私は、自分がどうなろうと二の次で、先生殿にお会いしたい一心でこのお屋敷に来ました」

「それでも、君の身体を治せるのは私だけだと、心の中で無意識に気付いていたんじゃないのかい？」

自分の胸に手を置いたアルバートは先生の言葉を重く受け止めた。

「あの、アルバートさんと先生はどんなご関係で？」

その質問に先生は牡丹が用意してくれたサンドウィッチを口にしながらこう答えた。

「アルバートはね、とある事情を抱え瀕死の状態で悪質な教団から逃げてきたんだ。けれど、彼はマルファン症候群。異常に成長する身体、いつどこを悪くするかわからない。いつ捕まってしまうかわからない。そこからは私も知らないが、本能が動いたんじゃないかな？　生きたい、生きたいならあの人に治してもらおうって」

牡丹はじっと子供姿のアルバートを見詰める。

アルバートもまたじっと牡丹を見詰め返した。

「アルバート……さん？」

「牡丹お嬢様。もう一度お礼を。私を救う手助けをしてくださり、ありがとう御座いました」

アルバートは牡丹にお礼を告げた後、くるりと身体を先生の方へ向けて深々とお辞儀をする。

「先生殿。二度も私めを助けて頂き、ありがとう御座います。このご恩は一生忘れません」

「忘れてくれてもいいよ。ただし、オペを行ったからには謝礼は頂く」

「はい。何なりと」

「棲み込みでハウスキーパーをやってくれないかい？　牡丹ちゃんのようなか弱い女の子に助手と掃除や料理全般をやらせるのは酷だと思ってね。頼めるかい？」

「畏《かしこ》まりました、先生殿。牡丹お嬢様。必ずあなたがたのお力になってみせます」

アルバートは決意の表情で強く頷いた。

「ちょ、ちょっとそれは嬉しいんですけど、二人の事情もっと詳しく教えてくれませんか？」

状況がのみ込めないといった牡丹を見て、先生とアルバートは顔を見合わせる。そして二人はばらばらに動き始めた。

先生はいつものように軽快に笑い、医療鞄を持ち玄関へ向かう。

「さーて、治療医療仕事。楽しいねぇ、ひひっ。今日は何が手に入るかなぁ」

「先生、誤魔化さないでくださいよ！」

後を追おうとした牡丹をアルバートが止める。

「牡丹お嬢様。近隣の情報を教えて頂けませんか？　買い出しや身の回りのお世話は全て私が行いますので」

「え、ええっ！　今!?」

「それじゃ、いってきまーす」

足止めをくらっている間、先生は屋敷を出ていってしまった。

残されたのは牡丹とアルバートの二人。

これから一緒に暮らすという戸惑いもあったが、自分より小さくなった彼に、牡丹は恐る恐る声をかけてみた。

「アルバートさん、あの……手術、大丈夫でした？」

「牡丹お嬢様はお優しいのですね。はい、何事も問題なく。私は心の底まで医師である素晴らしき先生殿に手術をして頂きましたから。いずれ、先生殿は教えてくださると思います。貴女ご自身のことを」

（たまに見る。先生の顔が哀しみに溢れている所を。診察室の隅っこで悩んでいる悲しげな姿）

「アルバートさん、これからよろしくね」

「こちらこそ、よろしくお願い致します」

二人は軽い握手を交わした。

……

…………

その後、牡丹は学校の友人に呼び出され屋敷を後にした。

（ハウスキーパーって、本当にあの２ｍもあるオジサンを子供の姿にしたってことだよね。そんな神業……それにこれから一緒に暮らすって。大体私、いつから先生と暮らしてたんだっけ。全然思い出せないけど、なんだかずっと先生と一緒にいる気がする。三人暮らしもどうなるんだろう）

友人の所まで行く途中、牡丹は自分の過去を思い出そうとしていた。

～CASE.6～　祖母の眼と喧嘩小僧

私立明鈴館女学園中等部、二年華組。

「ぼーたーんっ！」

休み時間、窓際の席でプリントを整理していた牡丹の元に一人の生徒がやってくる。

その生徒はセミロングのウェーブヘアをしていて、制服のリボンにハート型のブローチを付けていた。教室に勢いよく飛び込んできて、明るい笑顔で牡丹に抱き付く。

「ちょっと、彩《あや》！　窓開いてる！　窓開いてるから落ちるっ！」

「あっ、ごめんごめ～ん」

笑いながら牡丹から離れたのは、隣のクラス二年星組の上原彩《うえはらあや》だった。性格はおちゃらけていて、牡丹のことが大好きで、入学当時からの親友だ。

「プリント纏め？　あたし、付き合うよ」

手伝おうとした時、彩が牡丹の異変に気付く。

「あれ、牡丹。なんだか今日顔色悪いね」

「いろいろあったの。それに最近、誰かさんの呼び出しが多くて疲れてて」

「あーはっは。ごめんね。どうしても課題間に合わなくてさ。牡丹様～ってカンジだった。

でも、それだけじゃないでしょ？」

「なんでわかるの？」

「顔に書いてあるから。やっさしーい彩ちゃんが何でも聞いてあげるぞ～」

むにむにと牡丹の両頬を弄る彩の手を軽く抓《つね》って引き離した。

「むにむにしないの」

「じゃ、真面目に聞く。なにがあったの？」

彩がきちんと話を聞く姿勢を取ると、牡丹が口を開いた。

「実は、今度から家に新しい人が住むことになったの」

「うんうん。それで？」

「でも、私はその人のことをよく知らなくて。私だけ何も知らされてないような疎外感っていうか、そういうの感じちゃって、もやもやしてるんだ」

「牡丹って、確か親戚と一緒に暮らしてるんだよね？」

牡丹は彩に先生と暮らしているとは言っていなかった。先生という存在をどう表現していいのかわからなかったからだ。

だから、両親はいなくて親戚と暮らしていると周囲に伝えていた。

「んー。その保護者の親戚の人は、なんて言ってるの？」

「元々新しい人とは知り合いでハウスキーパーとして迎え入れたんだ。特に悪い印象は持ってないみたい。私も特に悪い印象はないよ？　でも、緊張するっていうか……」

「一人じゃないんだし、信じてみなよ。最初は不安かもしれないけどさ」

「信じる？」

「だってぇ、親戚の人が一番牡丹を知ってるんだよ。その新しく来たハウスキーパーの人が悪い人だったりしたら、すぐに追い出すと思っ……」

　話している最中、開いている窓の外から、突然未開封のジュースの缶やペットボトルが投げ込まれた。

「きゃっ！」

「彩！　大丈夫っ！」

「やーい！　ゴミ女！」

　彩を庇いながら、牡丹が屈んで窓の外を見ると、他校の男子生徒がこちらへ向かって色々なゴミを投げ付けていた。

　悲鳴を聞きつけて、担任の松山先生がやってくる。

「どうしたの！」

　松山先生は窓の外を見て、すぐに事態を悟った。

「金がありゃ、どこの学校にでも入れると思ってんじゃねぇぞ！　ぶーす！」

　騒ぎを聞きつけた明鈴館女学園の教師等が総出で他校の男子生徒を追い払う。

「彩、大丈夫？」

「うん。あたしは何ともないよ。ちょーっとビックリしちゃっただけ。あれって隣町の不良だらけで有名な学校の生徒でしょ？　学校名は忘れちゃったけど……。あっ、やば！　次、移動教室だった！　またね、牡丹！」

彩は立ち上がり牡丹に手を振ると猛スピードで廊下へ飛び出して行った。

「ちょっと彩！　保健室には必ず行ってよね！」

その夜のこと。

明鈴館女学園にゴミを投げ付けていたリーダー格の男子が一軒の古い平屋へ入っていった。

「ただいま、ばあちゃん」

「おかえり、樹《いつき》くん」

「玄関前に食事届いてたぜ」

樹と呼ばれる男の子が玄関前に置かれていた荷物を家の中に入れる。

「今じゃ便利になったもんだよな。インターネット使って通販出来るから、眼の見えないばあちゃんだって苦労しないぜ」

「樹くんには感謝しないとねぇ。うちの息子夫婦が死んでから何年経つか。せめて、私の眼が見えていれば良かったのにねぇ」

「何言ってんだよ。俺は、ばあちゃんと二人きりでも幸せだぜ。そうだ、来週の食材も頼むから欲しいもんあったら言ってくれよ」

「樹くんは良い子だねぇ。ところで、今日学校はどうだったんだい？」

その質問に、樹の胸がズキンと痛む。

「そ、そりゃ、友達と仲良く遊んだぜ」

「そうかい。樹くんは人気者なんだねぇ」

安心したおばあちゃんは仏壇とは別の方角を向いて手を合わせた。

「ばあちゃん、仏壇こっちだって」

樹はおばあちゃんの両肩に手を置いて仏壇の方を向かせる。おばあちゃんは樹に礼を言い、仏壇に拝んだ。

おばあちゃんの息子と嫁に来た女性は結婚したはいいが、あまり仲の良い生活を送っていなかった。樹の父親は頑固で自分が一番偉いという亭主関白気質だった。嫁に来た母親は旦那といつも家で口論していた。それは家事の分担やら些細なことだった。

しかし、次第に夫婦間の溝が広がってゆき、母親に別の男が出来た。父親は離婚を決めていたが、樹の小学校の入学式だけは夫婦仲良く出席しようという約束を結んでいた。

入学式の日、樹の父が運転する車に家族四人で出発した。

しかし、問題が発生した。父が運転する車は入学式を行う学校を通り過ぎて海岸へ向かったのだ。無残にも家族を乗せた車はテトラポットの上に落ちた。車は一瞬にして大破。父も母も即死だった。偶然後部座席に乗っていたおばあちゃんは孫の樹を全身で抱え込んだ。そのお蔭で奇跡的に樹は軽傷で済んだが、おばあちゃんが樹を庇う際、眼に硝子の破片が大量に突き刺さり視力を失ってしまった。

「樹くん、熱いうちにお食べ」

「ばあちゃんだって。っとと、それ味噌汁！　火傷すっから気ぃつけて」

翌日も、その翌日も、樹はおばあちゃんにばれないように不良仲間とつるんで悪巧みをしていた。

「この前の女子高の教師の顔、すげー笑えたよな！」

「流石樹って感じだよな。おい、航《わたる》も何か考えろよ」

「思いついたら言ってるって。岳《がく》だって考えろよ。派手に伝説残せる作戦とかさ」

その日の夕方、商店街にて樹が帰り道を歩いているとおばあちゃんが八百屋で買い物している影が見えた。

「ばあちゃん!?」

「あらぁ、おばあさんのとこのお孫さん？　とても逞しそうね」

「おやまぁ、樹くん。今帰りかい？　学校はどうだった？」

「た、楽しかった……ってか、それよりも買い物は俺に任せろよ！　ばあちゃん、勝手に家出たら迷子になるぞ」

樹は八百屋の奥さんに会釈しておばあちゃんと手を繋ぐ。

「樹くんに怒られちゃったねぇ。おばあちゃん、少し反省しないとねぇ」

おばあちゃんは樹と繋いだ手を揺らしながら、先程八百屋の奥さんから聞いた話を思い出す。

「そういえば、八百屋さんが言ってたよ。この辺りに名医が存在するって。町外れの森の中だったかねぇ」

（名医？　もし本当だったら、ばあちゃんの眼も治してもらえるかもしれない）

「樹くん？」

「悪い悪い。帰ろうぜ、ばあちゃん」


翌日、夕方のこと。

「ただいまー」

「おかえりなさいませ、牡丹お嬢様」

アルバートが玄関まで出迎えてくれる。広い玄関には履き古して汚れた靴があった。

「お客さん？」

「はい。先生殿に診《み》てもらいたいと仰る方が来ております」

それを聞いて、牡丹はリビングへ向かう。

リビング。

「断る」

「そこをなんとか！　この通りです！」

そこには、椅子に座って肘置きに肘を置き、頬杖をついて不機嫌そうにしている先生がいた。

その向かいには椅子にも座らず、先生に向かって土下座をしている制服姿の男子生徒がいた。

「先生、ただいま」

「やぁ、牡丹ちゃん。おかえり」

牡丹の声を聞いて、男子生徒が振り向く。

「あんた、確か学校で会った……」

「おや、牡丹ちゃんの知り合いかい？」

「あの時は悪かった。もう悪いことはしないから……どうか、ばあちゃんの眼を治してくれ！」

樹は、今度は牡丹に向かって土下座をする。まるで不良だとは思えないぐらいの必死さだ。

「患者は彼のおばあ様でね。両眼が殆ど見えないそうだ」

「頼む！　もう悪さはしない！　ばあちゃんに一目でも見てもらいたいんだ。昔みたいにこの世界はこんなに綺麗なんだって。それに、俺のことだって見てほしい」

「さっきから、断ると言っているよね？」

「先生、なんで断っちゃうの？　先生なら治せるでしょ」

アルバートが先生の元へ甘い紅茶を持って来ると、先生がティーカップを取り紅茶を味わい、とある提案を出した。

「もう悪さはしないんだね？」

「はい！」

「では、こうしよう。手術をする代わりに包帯を取る場所は私が決める」

「はい！　ありがとうございます！　早速、ばあちゃんに知らせてきます！」

樹は先生に礼をすると、弾丸のように屋敷を出て行った。

「先生が患者を断るだなんて珍しいー」

「ひひっ。私にだって断る権利があるものさ。アルバート、砂糖が足りないよ」

「ただちにお持ち致します」

砂糖を受け取った先生は、すぐに手術の話に切り替える。

「今回の手術は眼球を丸ごと取り替える。保管室にまだ使える眼球がいくつか残っていたはずだよ。ひひっ」

「それ、私も手伝うわけですよね？」

「勿論だとも！」

手術を控えた診察室にて。

「ふむ。これなら、また眼が見えるようになりますよ」

「よかったな、ばあちゃん！」

「ご高名な先生になんと感謝を申し上げたらいいか」

「私はそんな名高い者じゃありませんよ。では今夜、指定された場所へ来てください。数日入院して頂くことになります。アルバート、手術当日はおばあさんの家まで迎えに行ってやっておくれ」

「畏まりました」


それから数日後、不良男子たちはゲームセンターに集まっていた。

「おい、樹。最近元気ねーぞ。何やっても楽しくなさそーじゃねえか」

「岳の言う通りだ。突然しおらしくなっちまって。どうしたっていうんだよ」

「……お前等には関係ねーよ」

「じゃあ、誰にだったら関係あんだよ。仲間、侮辱する気か？」

険悪なムードで話していると、似たような学生服を着た派手な集団がゲームセンター内に入ってくる。

「おい、樹、岳。あれ。亜久津《あくつ》中の野郎だぜ」

「あいつら、俺等の縄張りまで何の用だよ」

「岳、航、よせ。ほっとけ」

「ほっとけるかよ！　きっと喧嘩売りに来やがったんだ！」

亜久津中の集団が樹達に気付くと早速喧嘩を売ってきた。

「おーおー、田舎臭い町だな。お前等がこの町のトップか?」

「だったら、どうすんだよ」

「こうすんだよっ!」

亜久津中の生徒のパンチで岳が吹き飛ぶ。

「岳っ!」

「野郎! 全面戦争だ!」

「やめろ、航!」

ゲームセンターから、一般客は悲鳴を上げて避難し、殴り蹴られの大惨事となった。そこにたまたま、下校途中の牡丹が通りかかる。

(なんだろう? あれって!)

身を屈めて気付かれないように、こっそりとゲームセンター内に入っていった。

店内のゲーム機はいくつも壊れてしまって、牡丹が心配していた通り、暴力沙汰が起こってしまっていた。

その中心にいるのは樹だった。牡丹はカウンターの影に隠れて喧嘩が一段落するのを待つ。

(もう悪いことはしないって言ったのにどうして)

樹一人で亜久津中の連中をやっつけたところで、店内はシーンと静まり返った。

「はぁ……はぁ」

「北岸樹君《きたぎしいつき》」

「樹くん？」

カウンターに隠れていた牡丹が出て行こうとすると、先に樹に声をかけた人物がいた。

それは先生だった。先生の隣には樹のおばあちゃんが立っている。

「先生？　ばあちゃん!?」

おばあちゃんはまだ眼に包帯をしていて、ここがどこかも何も見えていない状態だった。

「先生、どうしてここに？」

「おや、牡丹ちゃんもいたのかね。ちょうどいい。オペが一段落したんだよ」

樹はとても嫌な予感がした。

「ばあちゃん……」

「この声は樹くんかい？　立派な先生にねぇ、眼が見えるように手術してもらったんだよ。この包帯を外せば見えるようになるって」

樹はぞっとした。自分が関与した喧嘩の現場を漸く眼が見えるようになった大事な肉親に見せるなんて。

「ま、待ってくれ、先生。包帯を取るのはここじゃなくても！」

「ひひっ。私は言ったはずだよ。包帯を取る場所は私が決めると」

徐々に先生がおばあちゃんの包帯を解いていく。樹の待てという一言も間に合わなかった。何十年ぶりに眼が見えるようになり、初めて見た光景は荒れ果てた機械の山や硝子の破片の山だった。

「どうしたんだい、これは。こんなに滅茶苦茶な場所にいて、誰がこんなことをっ！」

「これは、俺がっ……」

「まさか……樹くん、まさかそんなねぇ？　ぶ、無事かい？」

おろおろするおばあちゃんと樹に先生が声をかける。

「お二人共、まだ手術は終了していませんよ」

「えっ、だってばあちゃんは眼が見えて」

「一段落したと言ったんだ。牡丹ちゃん、ここからは手伝ってもらえるね？」

「忘れられたと思いましたよ。付き合いますよ、先生」


屋敷内の手術室にて。

手術着に着替えた先生は、紙に纏めた手術内容を牡丹に渡す。

「今回の手術の内容はこうだ」

「えっ、これって」

「こうでなくてはならないんだ」

・

オペが終了して、数週間後の夜……

山岸家の食卓にて。

「ばあちゃんの作る炊き込みご飯は美味いなー。毎日でも食いたいぐらいだ」

「またまた、樹くんてば」

「おかわり！」

そんな様子を河川敷から見ている先生と牡丹。

微笑ましく見守る先生に牡丹が疑問を投げかける。

「先生、どうして樹くんの片目をおばあさんに移植したんですか？」

「それはね、おばあさんには孫を見守る眼を。樹君にはおばあさんを支える眼を持って欲しかったからだよ」

「一度治療した眼を取り出すなんて、二人とも片目ずつになっちゃいましたよ？」

「それでも強く生きていけるさ。いつも見てくれる頼もしい家族がいる」

なんとも言えない感情が牡丹の中から込み上げる。

先生に寄り添おうと身を寄せた時、

「先生……あっ」

「何だい？」

「おばあさんの片目、どこにやったんですか？」

「それは私のコレクションだからね。治療代として保存してあるよ、ひひっ」

「そんなことだろうと思った！　前から言おうと思ってたんですけどね、先生のそのマニアックな趣味やめてもらえませんか！」

「おや、聴覚が異常をきたしたようだ。屋敷に帰らなきゃ」

河川敷を走り回る先生と牡丹は、まるで親子のように見えた。そこへ小さな人影が近付いてくる。

「先生殿。牡丹お嬢様」

「アルバートさん？」

アルバートは河川敷まで台車のような何かを運んでくる。上にかかっているクロスを外すとフレンチ料理が出てきた。

「今晩の食事で御座います」

「ええええっ！　ここで!?」

「やぁやぁ、美味しそうな料理だねぇ」

「お帰りが遅かったので心配致しました」

ずっと屋敷で待っていたアルバートだったが、二人の帰りが遅く、しゅんとした表情でそう告げた。

「今ね、牡丹ちゃんと鬼ごっこしていたのだよ」

「おに、ごっこ？」

「走って逃げてタッチされたら負けっていう遊びですよ。先生が逃げるから追ってただけなんだけど」

凄く簡易的な説明だったが、アルバートはこくりと頷いた。

「私めも参加させて頂いてよろしいでしょうか？」

「うん。でもアルバートさん、その身体《からだ》じゃ不利に……」

　パンッ！

「……え？」

「牡丹お嬢様にタッチ致しました」

「おー、おめでとう！　アルバート！」

「えぇえぇえっ！　なに今の俊足!?　見えなかったんだけど！」

「ご心配ありがとう御座います、牡丹お嬢様。私の身体は先生殿によって万全な状態ですので手加減は要りません」

　それを聞いた牡丹は大きく息を吸い込み、屈伸をした後、走る準備を始めた。

「現役中学生の走りを見るがいい！　って、もう遠いっ！」

　牡丹が準備をしている間、アルバートは見えるか見えないか河川敷の遠くまで移動していた。

「どうぞ、牡丹お嬢様」

「こ、このぉ～っ！」

　牡丹とアルバートが鬼ごっこをしている最中、先生は呑気にも運んできてもらった夕食を食べていた。

「ちょっと、せんせ……はぁ、はぁ……何してるんですかぁ」

「お味は如何ですか、先生殿」

先生が夕食を食べているのに気付いた二人は豪華な食卓の元へ集合する。

「何って、夕食を食べているのだけれど？」

「ずるい、私だって食べるっ」

「わわっ！　牡丹ちゃん、押さないで！」

牡丹が勢いよく手を伸ばしたら、簡易式の食卓が崩れ、二人は料理まみれになってしまった。

「う、うわぁ～！　最悪！」

「私の豪華なご飯……」

「……ふふっ」

その光景を目の当たりにすると、アルバートがにこやかに笑った。牡丹は心底驚いたが、その笑顔を見て自分も笑顔を返した。あたたかな感情が牡丹とアルバートの身を包む。

（ずっと悩んでいたけど、これが家族なんだ。血の繋がりはなくても、一緒に食卓を囲んで笑い合える。こんなに幸せなことはない。先生もアルバートさんも私の大切な家族。これは一生変わらないとそう願う）

～CASE. 7～　寄生結合『三本目の足』

「お母様。霧が濃くなってきましたわ」

「なんて濃い霧なのかしら。これじゃあ、前も見えないわ。運転手さん、止めてくださ い」

　大学生程の女性と、その母親と父親が乗っているタクシーは乗客に言われた通り、霧の中で車を停めた。

「本当にここでいいんですか？　この先、何もありませんよ？」

「構わん。困ったら、うち専属の運転手を呼ぶだけだ。これは代金だ」

　父と思われる人物はふくよかな体型をしていて、財布の中から料金を大幅に超える大量の万札を運転手に渡した。

「これは、お、お客様っ！」

「はっはっは、わしは議員をやっていてね。小遣いも兼ねた。取っておきなさい」

　話している間に、妻が娘の肩を抱えてタクシーを降りた。

「この霧が消えるまで、どこか休める場所があればいいのだけれど」

「お母様、あそこ」

娘の礼子《れいこ》が指差した先に、真っ白な屋敷が見えた。

「ふむ、風の噂だが本当にあったな。あの屋敷に向かうぞ」

「はい、あなた」

親子三人は屋敷に向かって歩を進める。

近付いていくと、人影が見えた。

「ひひっ。最近のラジコンは凄いなぁ。私は今とても感動している」

「先生殿が楽しそうで何よりで御座います」

ゆっくり近付いてみると、白衣を着た男と小学生ぐらいの男の子が一緒にラジコンで遊んでいた。

「む、白衣を着た男がいるぞ」

「きっとお医者様だわ！　行きましょう！」

「待ちなさい、礼子。走ってはいけないわ！」

三人の気配を察知したアルバートが先生に声をかける。

「先生殿、お客様で御座います」

「えー、ラジコンもうちょっとー」

屋敷内、リビングにて。

「濡れてしまわれたでしょう。こちら、タオルとブランケットです」

先生は客人を丁寧に扱う。アルバートは倉庫から車椅子を持って来た。車椅子を見てその家族は驚きを隠せなかった。

「な、何故、だ」

「お医者様！　私の病気がわかるのですか？」

「一先ず、立ちっぱなしの状態もお辛いでしょうから、こちらにお座りください」

先生は礼子を車椅子に乗せた後、家族全員を診察室に連れて行く。

「お嬢さんが何らかの病気だということは把握しました。これから診察を行います。ご家族の方も同席してください」

先生がカルテを用意している間、母親の泉《いずみ》は完治を願うように両手を合わせた。しかし、その一方で父親はまだ疑心暗鬼のようだった。その原因は先生の格好や町から外れた屋敷にあったのだろう。

「アルバート、レントゲンの用意を」

「畏まりました」

「ご家族の方、お名前を」

「私が尾ノ島泉《おのしまいずみ》と申しまして専業主婦をやっております。夫は尾ノ島数志郎《おのしまかずしろう》と申しまして議員を務めております。娘は礼子です」

先生は、家族の情報をさらさらとカルテに書いていく。車椅子に座る礼子の腹部は奇妙に膨らんでいた。

「今回の治療内容は、礼子さんの腹部ですね？」

「はい。私のお腹が急におかしくなったんです！　これじゃあ、外にも出られません。それ以上に頭がおかしくなりそうで」

「娘を治せる医者を探したのだがね、何処にもいない。まったく、日本の医者は無能の集まりだ」

そうして、数志郎は懐から札束を出して、先生のデスクに置いた。

「金ならいくらでもやる。どうか娘を治してくれ」

「ひひっ。私のデスクはお金を置く場所ではないのですよ」

「は？」

「カルテや『こういった物』を主に置きますね」

先生はデスクの一番下の引き出しを開けて、ホルマリン漬けにした入手したての人の手を取り出し、デスクに置いた。

「腐敗しないようにしたからねぇ～ひひっ。しかし、この爪、実に素晴らしい形をしている。やはり人間は自然体が一番美しい！　噛んじゃおうかな、噛んでしまおうかなぁ」

「な、なんだ、それは……気持ちが悪い！」

「嗚呼。お金はしまっておいてください。報酬は私がお嬢さんを治してからで構いません」

「前払いでなくていいのか。変人だが、なかなか話が通じる医者だな」

数志郎はデスクに重ねた札束を一度手元に戻した。

そこにちょうど、アルバートがやってくる。

「先生殿、レントゲンの準備が整いました」

「では、礼子さん。移動しましょう」

先生が礼子の車椅子を押して、レントゲン室まで連れて行く。


レントゲン室。

様々な角度から何枚か撮影した後、礼子を診察室まで連れて戻ってくる。

「礼子、無事だった？」

「うん。お母様、私は平気よ」

「礼子さん、次は触診です。こちらのベッドへ仰向けで寝てください」

「はい」

「お父様。お母様。覚悟はいいですね？」

怪しげに微笑んでみせる先生の一言に両親は緊張した面持ちで頷く。

先生は礼子が着ていた分厚いワンピースを腹部まで上げた。

なんと、礼子の下腹部からは三本目の足が生えていた。その足は下腹部から突き出ているような形をしていて、膝から爪先まで約四十センチ程、垂れ下がっている状態だ。

「あぁっ！　礼子、やっぱり化け物に寄生されたのだわ！」

「化け物ではありませんね。これは寄生双生児《きせいそうせいじ》と思われます」

「寄生双生児？」

「本来、双子で産まれるはずの子供が母体内で片方に吸収され、そのまま産まれてしまうというものです。いくつか症例はあります。これは年齢によって出てくる場合があります。手が出てくるものや頭部が出てくるもの、礼子さんの場合は足が出てきた」

「と、いうことは娘は元々双子だったということか!?」

「ええ、見た限りではそのようで」

先生はカルテにペンを滑らせる。間もなくして、アルバートがレントゲン写真を持って診察室へ入ってきた。

「先生殿。こちらレントゲンで御座います」

「ありがとう」

先生は礼子のレントゲン写真をじっと見詰める。

胸ポケットに入れていたペンライトで下腹部をよく照らす。すると、レントゲン写真と患者の下腹部を診て、先生は眉を寄せた。

「礼子さん。車椅子にお戻りください」

「はい」

アルバートの補助によって、礼子が再び車椅子に座る。

そして、先生は真剣な面持ちでこう告げた。

「先程の診断を撤回します。これは寄生双生児ではない」

「双子だったわけじゃないのか？」

「これは別物です。お聞きしたいことがあります。礼子さん、この足が出てきたのはいつ頃のことですか？」

「ええと、先月頃です」

　先生の質問は次から次へと続く。

「その一ヶ月、いや、三ヶ月範囲内のことを詳しく教えてください。どんなに些細なことでも構いません」

「三ヶ月……」

　人が三ヶ月以内のことを思い出して欲しいと言われて、簡単に思い出せる確率は極めて低かった。だが、先生は礼子ではなく両親にも同じ質問をした。

「そうだわ、礼子。吹奏楽の合宿に行ったのは三ヶ月前じゃなかったかしら」

　ふいに母親が思い出した。先生はこれを待っていた。

「あっ、そうです。三ヶ月前に大学のサークル仲間と一緒にペンションに泊まっていました。その時は何もなかったんです。でも、帰る時に腹部に異様な違和感があって……」

　そこから、先生の診断は早かった。

　レントゲンとカルテを纏めると、両親にこう言い放った。

「ご両親の方々、礼子さんは治療のため、うちに入院して頂きます。そうでなければ治せません」

母親はすんなり同意したが、父親の方はどこか顔色を悪くしていた。

「う、うむ……だが、条件がある。私は議員だ。娘が未知の病にかかったとマスコミに知られては変な噂が立つ。これを秘密にしてくれるのなら依頼したい」

「あなた、何を言っているんです！　ご自分の娘ですよ！」

「以前にもあっただろう！　大金を用意して礼子を治療してもらおうとしたが、金だけ持ち逃げした医者が！　秘密を握ろうと嗅ぎ回っている者もいる。すべて金で解決してきた。そんなことがあってすんなり信じられるわけが！」

「私は藁にも縋る思いなんです！　そんなにご自分の立場が大事ですか!?」

「お父様。お母様。私、このお医者様に治してもらいたい」

「礼子？」

「お前……」

「私は信じられる。だから、私の我儘を許してください」

礼子の言葉に、夫婦の口喧嘩はおさまった。

口喧嘩の最中、そっぽを向いていた先生が礼子に視線を送る。

「では、礼子さん。あなたは本日より私の患者です」

「はい、先生。よろしくお願いします」

喧嘩を止めた尾ノ島夫婦に、先生は微笑んでみせた。

「これで、娘さんを任せてくださいますね？　ご安心を。マスコミに売ったりなんかしませんよ」

　父として、議員として、何とも言えない数志郎は冷や汗を流しながら頷いた。この時、先生は哀しげな笑顔を見せ、緊急手術の準備に取り掛かった。

「アルバート。今日は牡丹ちゃんが留守だから、助手は君に頼みたい」

「畏まりました」

　先生はそう告げると、立ち上がり礼子を連れて診察室を出て行った。

　手術室までの廊下で先生がぽつりと呟く。

「……なるほど。そう来たか、ならば治すだけのことだよ」


　手術室。

「悪いね、アルバート。君には医療知識がある。適任だと思ったんだ」

「いえ、先生殿のお役に立てるのであれば何なりとお申し付けください」

　手術室には手術着と看護服を身に纏った二人が揃っていた。アルバートは子供の姿だったが、知識はそれなりにあるため、助手としての腕は牡丹に引けを取らなかった。

「メス」

「はい」

　先生がメスを手にして、三本目の足の切除に取り掛かった瞬間、ぐらりと視界が歪んだ。

「先生殿！」

「なに、心配ない。それより、矢張りか……この三本目の足にはきちんと栄養が行き渡っている。私が寄生双生児と勘違いしたのも無理もない。アルバートもこの症例を知っているだろう？　人工的に生きているんだ、この足は」

先生は話しながらも、三本目の足の神経や血管を切除していく。

「この足は間違いなく、外部から付けられたものだ。通常、外部から結合されたお粗末な物には栄養は行き届かず、すぐに腐敗する。だが、この足は神経、血管、その全てが母体に結ばれている。腐敗させないためだ。アルバート、これは長時間の手術になる」

「はい、覚悟しております」

―数時間後、

「見たまえ、これが三本目の足の神経だ」

先生は切除した足の断面をアルバートに見せる。

「何か不自然じゃないか？　明らかに人工的に付けられた痕跡が残っている。三本目の足全体に栄養が行き渡るようにしたんだろうねぇ。だが、ここの縫合痕は隠せない。しかも、この技術、並大抵のものじゃない」

二人はこのオペ内容に覚えがあった。

「限られているのだよ。このようなオペを行える人物は」

書　名				
お買上 書　店	都道 府県	市区 郡	書店名	書店
			ご購入日	年　月　日

本書をどこでお知りになりましたか?

1.書店店頭　2.知人にすすめられて　3.インターネット(サイト名　　　)

4.DMハガキ　5.広告、記事を見て(新聞、雑誌名　　　)

上の質問に関連して、ご購入の決め手となったのは?

1.タイトル　2.著者　3.内容　4.カバーデザイン　5.帯

その他ご自由にお書きください。

(　　　)

本書についてのご意見、ご感想をお聞かせください。

①内容について

②カバー、タイトル、帯について

料金受取人払郵便

新宿局承認

7552

差出有効期間
2024年1月
31日まで
（切手不要）

郵便はがき

160-8791

141

東京都新宿区新宿1－10－1

(株)文芸社

愛読者カード係 行

ふりがな お名前		明治　大正 昭和　平成　　年生　　歳	
ふりがな ご住所	□□□-□□□□		性別 男・女
お電話 番　号	（書籍ご注文の際に必要です）	ご職業	
E-mail			
ご購読雑誌（複数可）		ご購読新聞 新聞	

最近読んでおもしろかった本や今後、とりあげてほしいテーマをお教えください。

ご自分の研究成果や経験、お考え等を出版してみたいというお気持ちはありますか。

ある　　ない　　内容・テーマ（　　　　　　　　　　）

現在完成した作品をお持ちですか。

ある　　ない　　ジャンル・原稿量（　　　　　　　　　　）

「ええ。痛い程に心当たりがあります」

「さて、不純物を切除した所で、腹部の臓器を元の位置へ戻すよ。よくもまぁ、こう乱雑に結合してくれたものだ。苦労するよ。弄られた臓器を元の位置に戻すかね」

先生は慣れた手つきで、臓器を元の位置に戻していき、残りの処置を施してゆく。

―更に数時間後、

「ふぅ、術式完了。アルバート、後の始末は頼んだよ。私は研究室に籠って、この足を調べるからね」

「畏まりました、先生殿」

先生は簡易的な縫合や片付けをアルバートに託し、切除した足を乗せた台を押して、先に手術室を出ていった。


………


その夜のこと……

「はぁ～楽しかったぁ。ただいまー！　久しぶりにあんなに遊んだな～！」

牡丹が帰宅するが、屋敷内は真っ暗で誰も出迎えに来ない。本来なら、アルバートが『おかえりなさいませ』と出迎えに来てくれるはずなのだが……。

「あれ、二人共留守なのかな？」

そう思い、自分の部屋へ向かおうとするも、リビングも廊下も二階へ続く階段も、屋敷内のほとんどの明かりが点いていない。

一階を探し回っていたら、いつもは入らない先生の特別診察室のドアが開いていた。隙間から暖色の光が見える。それを見て安心したのか、牡丹が勢いよくドアを開ける。

「先生。こんな所にいたんですか。どこ行っちゃったのかと……」

そこで見た光景に牡丹は息をのむ。

先生が大量のカルテや資料を手にしたまま床に倒れていた。

「先生！　どうしたんですか、何があったんですか！」

「んん……あ、牡丹ちゃん。おかえり」

「おかえりじゃないですよ、早くベッドに上がって寝てください！　先生は無理しすぎです！」

「いやいや、心配は要らないよ。集中して寝てしまっただけさ」

先生は牡丹の手を借りながら、ゆっくりと医療用のベッドに横になる。牡丹は薄い明かりの中で床に散らばったカルテやレントゲン写真を眼にした。

「急患、ですか？」

「ああ。入院してもらっているよ。今はアルバートに色々と患者の世話をしてもらっていてね……さてと」

数分すると、先生は起き上がり床に散らばった資料を纏め始めた。

「無理に動いちゃ駄目ですよ！　私がやっておくので、先生は寝てください」

「おや、わざわざ済まないね。持続力を回復させるためにも今日はここで寝るか。晩ご飯は出前でも頼んで、あと頭を回すために甘い物を……すぴー、ぐぅー……」

先生は相当疲れが溜まっていたのか、ベッドに寝転んで間もなくして寝息を立てた。

「先牛」

牡丹は眠ってしまった先生を起こさないように、床に散らばった資料を纏め始める。部屋を埋め尽くす程の資料だ。今回の患者は只者じゃないことがわかる。

（ん？　なんだろう、古い資料がある）

資料を拾い集めている内に、他の紙とは何ら変わりはないのにとても惹かれる資料があった。それに書かれているのは英語や多国語で牡丹には解読できなかった。

（もっと勉強しておけばよかった、なんて書いてあるんだろう。何かの報告書みたいだけど……えっ？）

手に取った資料の隅に、日本人の名前が書いてあるのを見つけた。

「調査報告者『白鷺教授《しらさぎきょうじゅ》』」

（白鷺って、随分前に先生が名乗ってた名前。でもこれ、偽名じゃない？　教授ってどういうこと？）

牡丹はベッドでぐっすりと眠っている先生にただただ茫然とした視線を送った。

～CASE.8～　術の白＋薬の黒

牡丹は先生が寝ている間に、こっそりと二階に上がっていった。向かった先は鍵が掛けられている先生のコレクションルームだった。以前、一度だけこの部屋に入ったことがある。ドアの上の古い木札には『ホルマリン室』と書かれている。

（この部屋、一度入ったことはあるけど中を確認する前に卒倒しちゃったんだよね。なんでここに来たのかはわからないけど、また来ちゃった）

「牡丹お嬢様」

ドアの前に立っていると、廊下の奥からアルバートが出てきた。

怖がりな牡丹は一瞬びくっと体を跳ねさせるが、声をかけてきた人物がアルバートだとわかると胸を撫で下ろした。

「吃驚《びっくり》した。アルバートさんだったんだね」

「お嬢様、このお部屋に入るおつもりで？」

アルバートは子供の姿でも、淡々と話を進める。

「うん。前に一回だけ入ったことがあるの。確かあの時はアルバートさんを見て気絶しちゃったんだよね。ごめんなさい」

「いえ。謝罪は要りません。牡丹お嬢様は、何故この部屋に？」

そこで、牡丹は先生が寝ている部屋から持ち出した一枚の紙をアルバートに見せた。

「これ。ここに書いてある白鷺教授って誰のことか知りたくて。先生は前に別の患者を治療する時、自分を一度だけ『白鷺』と名乗った。私は先生のことも、自分のことも知りたい。だから、ここへ来たっていうか……この部屋の中に何か手がかりがある気がして仕方ないの」

アルバートは牡丹の話を真剣に聞いた後、ある質問を投げ掛けた。

「お嬢様は先生が何者か、歴史上何があったのか、真実を知っても、自分から逃げない覚悟がおありですか？」

アルバートがあまりにも真面目な声色で話すため、牡丹は一瞬怯んでしまった。

だが、牡丹自身も覚悟を持って大きく頷いた。

「絶対に逃げない。私は知りたい。先生のことも、アルバートさんのことも、私自身のことも」

牡丹が決心した姿を目の当たりにすると、アルバートが人差し指を鍵穴に差し込んで、密室の鍵を開けた。

「では、どうぞ」

「アルバートさん、指でこの部屋開けられるの？」

「私の身体は特殊ですから」

（そっか、先生って肉体改造も行ってるんだった。何者なのか、ますます気になる）

アルバートが扉を支えてくれている間に、牡丹は密室に入った。前回と違うのは埃っぽい臭いも消えていて、小綺麗に片付けられている。

ズボラな先生が片付けるはずがないと考えながらも、棚に並んだホルマリン漬けの瓶を眺める。

「牡丹お嬢様。貴女様が見たいのはこちらでは御座いませんか？」

背後から話しかけられた先には、大量の本が積まれていた。そのほとんどは医学書だった。

だが、ある一冊だけサイズが違う本が混ざっていた。牡丹はその本だけを抜き出す。表紙はボロボロで、かろうじて大正という文字だけが読み取れた。

（大正って書いてある）

「牡丹お嬢様が知りたいことは、そのアルバムに全て載っているかと思われます」

身よりのない自分と一緒に暮らしてきてくれた先生が何者なのかを知るのには、かなりの勇気が必要だった。

けれど、知らなければいけないものだと牡丹は本の表紙を開いた。そこには、卒業写真のように並んだ白衣を着た人物達の記念写真が載っていた。そして、その集合写真の上にこう書いてあった。

『人間機械化計画の勇士達』

「人間……機械化計画？」

その頁を見ていると、先生と似たような人物が先頭の椅子に座っているのを見つけた。

「せんせ、い？」

「そちらは先生殿のお父上様で御座います」

「う、うん、そうだよね。親子だから似てると思っ……」

（待って、おかしい。なんで先生のお父さんが大正時代に生きてるの？）

牡丹は咄嗟にアルバートに声をかけた。

「アルバートさん、人間機械化計画って何なの？」

「ロボトミー手術のことで御座います」

「その計画に先生が……もしくは、先生の家族が関わってるの？」

「左様で御座います」

「ロボトミーって何なの？　人間機械化計画って何？」

牡丹は取り乱した様子で溢れんばかりの疑問や質問を投げ掛ける。

「ロボトミー手術とは精神障害の治療法の一つであり、前頭葉白質切截術《ぜんとうようはくしつせっせつじゅつ》のことでありま す。頭蓋骨に穴を開け、脳の前頭葉を切除する等などの方法で精神医療として外科的な手術に値します。しかし、それは現代では禁忌となりました。患者の大半が人間ではなくなってしまうからです。ロボトミーは人間の感情や人格を奪う手術として世間に知れ渡りました」

歴史上の医療知識を持っていない牡丹は黙ってアルバートの話に耳を傾けた。それと同時に、大正時代と思われる本に眼を向ける。

「そのロボトミー手術を日本で率先して行っていたのが白鷺家《しらさぎけ》です」

「それって、先生の苗字？」

「はい。白鷺家は表に出ない形でロボトミー専門の教団を作り、日本の医療界を裏で牛耳っておりました。その教団の創立者が白鷺博士。先生殿のお父上に当たります」

信じられないといった様子で、牡丹は古ぼけたアルバムを必死に捲った。その中には確かにロボトミー手術を行っている写真や経過観察などの証拠がずらりと書き記されていた。

頁を捲っている間に、一枚の古ぼけた写真が落ちた。白鷺博士と呼ばれる人物が二人の子供を抱き上げている写真だった。

「これは誰？」

「先生殿とそのお兄様で御座います」

「おにい、さん？」

（先生にお兄さんがいたなんて知らなかった。私は先生のこと、何も知らなかったの？）

「これ、先生なの？　だったら、先生は今いくつなの？　どうして、こんな古い写真に写ってるの？　お兄さんはどうしたの？」

未知の恐怖から小刻みに震えている牡丹をアルバートが木椅子に座らせる。

「一つずつお答えさせて頂きます」

牡丹は恐怖で震える身体を腕で押さえながら静かに頷いた。

「その昔、日本では白鷺家の他に黒鷺家《くろさぎけ》という家系がありました。術《じゅつ》の白鷺、薬《やく》の黒鷺とそれぞれの家系で医療の分担を行っていたのです。ですが、ある時を境に黒鷺家は白鷺家に吸収されてしまいました」

「それは何で？」

「戦争です。戦争を機に白鷺家は黒鷺家を傘下に入れ支配し、黒鷺という家系は事実上消滅致しました」

丁寧に話すアルバートの声に安心し、牡丹の震えは徐々に治まってきた。

「というと、今あるのは白鷺家だけっていうこと？」

「左様で御座います」

「私が聞きたいとってても大事なこと。それが本当の話なら、この写真の先生は今の先生と同一人物なの？　だとしたら、大人になった今でも、どうしてこんなに長い期間生きられるの？」

牡丹は　枚の写真を取り出してアルバートに差し出す。アルバートは写真を見て、とても苦しそうな表情をして語り出した。

「白鷺家はロボトミー手術を実行していた裏で、数々の人体実験を行っていました。先生殿はその犠牲者の一人でもあります」

「犠牲者!?」

「お父上に人体実験の被験体とされていたのです。その実験は人間の不老不死。白鷺博士は先生殿の成長を極端に遅くする薬剤を投与していたのです」

「何……それ。実の父親に？　それじゃあ、先生は今百年近くも生きてるってこと？」

アルバートが静かに頷いた所で、牡丹は更に質問を続ける。

「先生のお父さんはどうしたの？」

「お亡くなりになられました。この教団では博士が亡くなった後の後継者は教授と決まっております」

「先生は教団の人なの？　後継者なの？」

「確かに先生殿は教授で後継者になるべきお方でしたが、後継権を放棄するような行為を犯しました。そして、先生殿は教団から、ある重大な物を持ち出し失踪しました」

「重大な物って？」

「それは私めにもわかりません。資料なのか実験素材なのか、先生殿しか知りません。教授である先生殿が教団から失踪したため、教団に追われる身となってしまいました。私もこの地を探すのに何年もの年月をかけました」

話の最中、牡丹は一生懸命本の頁を捲った。

(先生は何を持ち出したの？　どこかに手掛かりは……)

何も手がかりが載っていないとわかると、牡丹はアルバムを閉じた。

「今、その教団はどうなってるの。先生は逃げているわけでしょ」

「後継者である先生殿が行方を眩《くら》ましたため、お兄様が代理で率いているとの噂です」

「そもそも、なんで兄がいるのにお兄さんは跡を継がなかったの？　普通なら長男が跡継ぎを任されるはずでしょ」

「それは……」

「ひひっ、諸君。そろそろ話を切り上げてもらおうか」

～CASE.9～　生きたいんだ。

　退院の日、両親が礼子を迎えに来ていた。オペをした箇所は、縫合痕も残らない程、綺麗な形に戻っていた。

「先生、娘を治していただき、誠にありがとうございました。なんてお礼を申し上げたらいいのか！」

「先生、あなたは私の命の恩人です。先生と出逢えてよかった」

　手術後、礼子は感染症にもかからず、身体に異常をきたすこともなく、しかと二本の足で歩けるようになっていた。もう、腹部から突き出ていた異様な足はない。

　尾ノ島家族は揃って先生に頭を下げる。

「おほんっ！　それで先生、お礼を差し上げたいのですが」

　議員の父親は、札束が詰まった真っ黒なトランクケースを差し出してきた。

「いやぁ～、はっはっは！　素晴らしい腕でしたな。約束も守って頂き感謝します。治療費は多めに用意しました」

「要りませんよ」

「なんですと？　ふむぅ、少々お待ちください。額が足りないなら秘書に連絡をして追加分を……」

「代金は要りません。その代わり、娘さんの切除した足を頂きます」

「え、えぇえっ！　あ、足をですか!?」

「ご必要ですか？」

「いやいや！　先生がそう仰るのなら」

尾ノ島議員は黒光りするトランクケースを持ち、家族と一緒にリムジンに乗って帰っていった。

（先生ってば相変わらずだなぁ、足貰ってどうするんだろう。それに、あの日の深夜、先生は密室に来てメンテナンスを行うからってアルバートさんを連れ出して行ったし。結局何もわからないままだよ）

牡丹がリビングの窓から、去っていく家族を見送る。

「さぁーてと！　コレクションが増えたぞ～！」

（先生の過去話。続きを聞けなかったのが残念だな。アルバートさんもあれ以来見てないし、療養してるのかな。家族かぁ）

ふと、牡丹は密室で見た一枚の写真を思い出す。

（そういえば、先生のお父さんの話は聞いたけど、お母さんは……）

牡丹が先生に話しかけようとした時、正面の庭から巨大な爆発音が聞こえた。

―ドオォォォォォォン！

「きゃっ！　な、なに？」

「ひひっ、来たか」

～CASE. 10～　家族である故

先生と牡丹が急いで庭に出ると、正面玄関前の開けた広場に爆発の煙が立ち上っていた。

上空にはヘリコプターが何台も集まっていて防護服を着た人間が次々に降りてくる。

「何なの、これ」

「ひひっ、予想通りだね」

防護服を着た者達は百人近く集まり、屋敷の前で軍隊のように列を作って並んだ。

そして、その白い兵隊達の中央から一人、眼の下から顎までを包帯で覆い、つばの大きい黒い帽子を被り、黒のコートを羽織った男が歩いてきた。兵隊達はその人物に敬意を示すかのように道を開けて跪く。

「な、なんなの!?」

「久しぶりだね、兄さん。来ると思っていたよ。尾ノ島礼子の腹部に足を付けたのは貴方であり、私への宣戦布告だね」

「えっ、お兄さん?」

(噂に聞いた先生の……この人が?)

「嗚呼、紹介するね。私の助手の宝条牡丹ちゃん。キュートで可愛い中学二年生」

（って、呑気に説明してる場合じゃないでしょ！）

「……久しぶりだな、哀楽《あいらく》」

「喜怒《きど》お兄様は相当崩れたようで。ひひっ」

「貴様の所為で教団は乱れた。当時の勇士は半数以上に減り、研究が大幅に遅れた。貴様が逃げ出してくれたせいでな！」

「あー、まだやってるんですか。あの古臭い計画」

「黙れ！　創立者の父の研究を愚弄するな！」

牡丹は二人の話を聞いていたが、銃を持った兵隊を眼の前に動けなくなってしまった。

「やめてくださいよ、兄さん。牡丹ちゃんが怖がってるじゃないですか。大声禁止」

「そのような小娘に用はない。俺はお前に会いに来たんだ」

「じゃ、中でお茶でも飲んでいきます？　数十年ぶりの再会ですし」

「おちょくりおって……皆、銃を構えろ！」

牡丹が震え上がり先生にしがみつく。

「し、しかし、喜怒様。哀楽様は次期博士となり我々のトップに立つお方」

「喜怒様は哀楽様を連れ戻しに来た。銃はただの威嚇《いかく》だと……」

「やかましい！　今まで誰が貴様らクズの面倒を見てきたと思っている！」

喜怒がロングコートの内ポケットからスティック型の機器を取り出す。

先生は、咄嗟に牡丹を自分の背後に隠した。

喜怒が機器のボタンを押すと爆風を上げて兵隊が吹き飛んだ。手足はバラバラになり、何人もが即死して庭が真っ赤に染まる。平和な花のガーデンは一瞬にして血の海となり変わり、吹き飛んだ腕や足や頭や臓器はまるで海を泳ぐ魚のようにピクピクと動いていた。地上に投げ出された魚達は間もなくして、息を引き取る。

「ひ、ひぃいっ！」

かろうじて生き残った魚は仲間の転がった死体を見て、その恐怖から尻もちをついた。誰もが死にたくない。誰もが生きたい。生死のアクアリウムだ。


「先生、やだ、私まだ死にたくないっ！」

「うん、そうだね」

「く、くそぉぉぉっ！」

先頭をきった兵隊が銃を構える。瞬時に先生が白衣の内ポケットから複数のメスを取り出し、前線にいる兵隊の手に次々にそれを投げる。

それは見事に命中し、前線にいた兵隊等が銃を落とした。

「痛っ！　くぅ……な、なんだ？」

メスが命中した兵隊達は身体の自由が利かず、手足が勝手に震え始めた。

「ひひっ。どうだい、メスに塗った私のオリジナルブレンド薬は。なぁに、人体にさほど影響はないさ。ほんの少し痺れるだけだからね。だが、銃は持てまい」

「何をしている、第二部隊。撃てぇ！」

喜怒は、第一部隊の後方に待機していた者達に指示を出す。

銃声が響き渡り、屋敷を囲む木々を揺らした。

「助けてっ！」

大声で叫んだ時、身体が何かに包まれる感覚に牡丹は眼を開ける。

「ご無事ですか？　哀楽様《あいらくさま》、牡丹お嬢様」

「アルバートさんっ!?」

なんと、アルバートが先生と牡丹を腕の中に抱き込んでいた。

アルバートは屋敷に来た当時と同じマルファン症候群の体に戻っていた。身長は２ｍを優に超している。

「誰だ、貴様は」

「ひひっ、紹介するよ。彼はアルバート・Ｂ・ラウラー。父の実験体となる人物だった」

「何故、銃弾が通らん」

「私が彼に象皮病患者の皮膚を移植したからさ。ぎりぎり関節を曲げられる程に硬度を増してね。勿論、クリーンな状態にしましたよ」

先生の説明が終わると、アルバートは背中に受けた銃弾を地面に落とした。

牡丹は聞いたことがある名称を耳にしてハッとした。

（象皮病って！）

……

『何にも役に立たないと思っていましたが、先生が求めるのなら再生出来るなら、医学のため、人の命を守るためにお使いください』

……

(前に先生の患者さんから届いた……あの届け物!?)

アルバートが新調した燕尾服の埃を叩くと、哀楽の兄に向かって深々と頭を下げた。

「お初にお目にかかります。白鷺喜怒《しらさぎきど》様。私めは貴方様の弟君である哀楽様に命を救われた者で御座います」

「何ぃ?」

喜怒は眉間に皺を寄せ、アルバートを睨み付けた。その間にも牡丹はアルバートの身体をぺたぺたと触り心配する。

「怪我してない？　大丈夫?」

「はい。牡丹お嬢様が心配されるようなことは何一つ御座いません」

「アルバート・B・ラウラー……まさか!」

「その通り。Bはブラック。彼は白鷺家に吸収された元黒鷺家の者さ」

牡丹も生き残った兵隊達も兄弟の話を茫然として聞いていた。

「何故、我々に吸収された黒鷺の者が！　有り得ん！　哀楽、貴様また奇天烈なことを!」

「ひひっ、私が助けたからだね」

——数十年前、『アルバートの記録』

旧白鷺医療研究所。

『時間だ、マルファン症候群の子供。今まで貴様に打ってきた成長遅延剤の最新薬が完成した。喜べ、黒鷺家の者。私の実験素材になれることを光栄に思うが良い』

この時点で、私は同じ黒鷺家の生き残りから逃げ遅れて、白鷺博士に捕まってしまった。幼い子供だったから、両親ともはぐれてしまったのだ。

（ま、また注射っ。実験？　やだ、怖いよ！）

『安心しろ。その内、黒鷺の残党も捕獲し、我が白鷺が吸収する。どちらにせよ、貴様は我々の役に立つことになるのだ。科学医療の実験体としてな』

（誰か……誰か、助けて……っ）

注射器を手にした白鷺博士が近付いてきた時、実験室の扉が開いた。

訪れたのは私と同い年ぐらいの白髪の少年だった。

『おぉ、哀楽ではないか！』

『パパ。その薬、僕に打ってよ。僕、パパの研究にすっごく興味があるんだ』

『なんと！　哀楽、それでこそ我が息子！　ああ、そうだな。このような黒鷺の末端の者に打つよりお前で試した方が私は嬉しい。今、新しい診察室を開けて来よう！』

そう言うと、白鷺博士は嬉々として部屋を出ていった。博士は息子を相当可愛がっていた。

私は当時、その子供が哀楽様とは知らずに接していた。

その子は、恐怖から怯える幼き私の腕を引く。

『パパがいないうちに早く来て。こっちが秘密の出口だよ。この通気口だけ監視カメラがついてないんだ、だから誰も気付かないよ』

『君は誰……どうして、逃がしてくれるの？』

『僕は白鷺哀楽。六歳。今のは僕のパパ。助けた理由はまた逢えた時に話すよ。またね』

哀楽様の言う通り、通気口を抜けると草むらに出た。そこには、隠れた黒鷺家の親族が待っていた。

『あぁっ、アルバート！　もう会えないかと思ってた……神様、うぅ……っ』

『男の子が逃がしてくれたんだ。僕、あの男の子に恩返ししたい！』

そんな話をしていると、研究所の近くは危険だと父親に抱かれ、その場を離れることとなった。またね、という優しさが心にいつまでも残った……。

―以上、隠された真実・其の一。

静寂が漂い、木々が噂話をするようにはしゃいでいる。

「その後、白鷺博士に実験薬を試された者は死に絶え、私だけが生き残りました」

「成る程。クズを抱えたな、哀楽」

「そんなことはないよ。アルバートの淹れてくれる紅茶は一級品なんだ」

過去の話を聞いた直後、喜怒の兵隊の一人が銃を投げ捨て、哀楽の方へ飛び出した。

「哀楽様！　お助けください！　まだ、まだ死にたくなっ……がっ！」

救済を求めて飛び出した兵隊は、喜怒が所持していた銃によって頭を撃ち抜かれ、血の海を泳ぐ魚と化した。

「残っている者へ告げる！　哀楽側へ寝返った者は皆殺しにする！」

「というか、もう半分殺しているじゃないですか、兄さん。まるでプールですよ」

喜怒の命令を聞いた残りの兵隊達は感情を失ったように、濁った瞳のまま銃を構える。

「哀楽。貴様に生きるか死ぬかの選択肢をやろう」

「お聞きしますよ、お兄様」

その間も、牡丹は無意識にぐいぐいと先生の白衣の袖を引っ張っていた。

「貴様が教団を抜けた際、持ち出した物を差し出せ。そして次期教団を率いる教授の座を寄越せ。そうすれば命だけは助けてやる」

「やだぷー」

先生が拒否すると同時に濁った魚達は銃の引き金に指を掛けた。

牡丹は、一層生命の危機を感じて倒れそうになる。

（撃たれるっ！）

「はいよ。牡丹ちゃん、ちょいとごめんね」

「えっ。へぶっ!?」

怖がって先生にしがみついていると、牡丹は先生から思いきりビンタを喰らった。

—××前、『牡丹の記録』

『んんっ……あれ、ここ学校？　さっきまでの銃撃戦は？　全部夢だったの？』

気が付いたら学校にいた。

教室には、私一人しかいなかった。

臨時休校なのか、廊下に出ても、私以外誰もいなかった。

『ん？　あそこに誰かいる』

廊下から窓の外を見ると、隣の校舎に美園ミキがいた。その他に清水千佳や森林芽依も集まっている。

『わぁ、三人和解したのかな。折角だから私も仲間に入れてもらおう』

階段を駆け下りて別棟へ移動しようとした時、昇降口に誰か立っていた。

それは親友の上原彩だった。

『ぼーたーん。ここで何してるの？』

彩はいつものように笑顔で話しかけてくる。

『彩も来てたんだ？　何って、向こうの校舎にみんな集まってるから行こうかなって』

『牡丹、あっちの校舎に行っちゃダメ』

私は彩が言っていることがわからなかった。

『どうして？　なんで行っちゃいけないの？』

『人生はね、道を誤っちゃいけないんだ。取り戻しはきくと思う。でも、それってきっと難しい。あたしは牡丹よりもずっとずーっと成績は悪いけど、そんなあたしでもわかるんだ。だから、道を誤っちゃいけない。ほら、これ見て！』

悩んでいると、彩がいつも制服のリボンに付けているハートのブローチを外して見せた。

『これ、あたしのお気に入りのブローチ。なんでいつも付けてるか知ってる？』

『えっと、可愛いから？』

『ぶっぶー、はずれ。実はね、このブローチ、入学式の時に牡丹と友達になれた思い出に買ったんだよ』

そんなことを一切知らなかった私は、彩からの突然の告白に戸惑った。

『ハートって命の形でしょ？　だからこれ、あたしの宝物。でも今は、牡丹に貸してあげる！』

彩の手からハートのブローチが渡される。

『えっ、でも彩の宝物じゃ……』

『牡丹が行くべき場所はあそこじゃないよ、思い出して。もっと牡丹を必要にして大切に思ってくれてる人たちがいる。その人たちの所に戻って。自分の居場所にさ』

彩がすぅっと消えていく。幻みたいに消えていく。

まるで何もなかったかのように……。

同時に私は首に違和感を覚えて目を醒ました。

「うぅ……ん」

「やぁ、気付いたかい。牡丹ちゃん」

「先生……え？」

自分の頭だけが上空に舞っている状況に、牡丹は声が出なかった。その頭の下に先生がぶら下がっている。

「なっ！　何これぇぇぇぇ！」

「初めてだけど成功だね。牡丹ちゃんの頭はね、回転式で外れる仕様になってるんだよ。さっきのビンタはごめんね。最適解だと思ったものでね」

「まさか、私のことも改造したんですか！」

喜怒を中心とした地上の者達は屋敷の上を飛んでいる首に驚きを隠せなかった。

「な、なんだ、あれは！」

「何って、私が教団から逃げた際に持ち出した宝物ですよ」

―以上、隠された真実・其の二。

先生の一言に牡丹も喜怒も息をのむ。

―数十年前、『哀楽の記録』

（僕も随分研究に慣れてきたな。高校にも行かせてもらえないし、ずっと研究施設の中で育ってきて窮屈な人生だな。しかも、このまま父さんの跡継ぎとして教団のトップに立つんだ）

科学実験や薬学や医療の知識を無駄に脳に取り込み、父から実験体とされる日々に僕は飽き飽きしていた。溜め息を吐くと同時に、実験室の扉が開き、研究員が訪ねてきた。

『失礼致します、哀楽教授。培養液に浸した脳に変化が現れました』

『わかりました。すぐに行きます』

（父さんも馬鹿な実験をする。一から人間を造ろうだなんて）

僕はスタスタと長い廊下を歩く。僕が歩く道の両脇には数々の研究員が並んで頭を下げていた。

廊下の先に喜怒兄さんの後ろ姿が見えた。嬉々として駆け寄り、背後から兄さんに声をかける。

「兄さん！」

振り向いた兄さんは、不機嫌な様子で僕を見た。その目線は冷たく僕を突き刺すようだった。

「兄さんは今何の実験をしているの？　よかったら、この後お昼でも一緒に食べない？」

「……近寄るな。これから博士と会議だ」

「父さんと？」

「それにお前のような怠惰で出来たような人間にはなりたくない。俺は父さんのように皆が付いてくる博士になりたい。二度と声をかけるな」

それだけ言うと、喜怒兄さんは会議室へ向かった。

僕はあからさまに避けられている兄さんの態度に肩を落とした。

その後、喜怒兄さんとの交流を諦め、新規開発実験室に辿り着き、パスワードを入れて室内に入った。

中央には大きな円柱の透明な入れ物が立っていて、その中の培養液に無数の人間の頭が入れられていた。円柱の外から中を確かめる。確かに赤子の体になってきている者は数体いたが、それは不完全なモノだった。顔面だけはしかと皮膚に覆われている。だが、体が海月《くらげ》のように水中に漂っていた。

研究に着手すると、避けられていることも自分のことも何もかも忘れることが出来た。

(観察記録、あとは調査報告書を作らないと)

いつも通りのつまらない仕事。再び溜め息を漏らした時、何かが聞こえた。赤子もどきが入った水槽を見ると、たった一人、こちらを見て何かを喋っている者がいた。頭だけの赤子だ。

『……たい、生き……たい』

その言葉を耳にした瞬間、

僕は無心で脳の詰まる柱を鈍器で叩き割った。

直後、非常ベルが鳴る。僕はその間にたった一人の未熟児を小さな培養ケースに入れ、以前、男の子を逃がした通気口から施設を脱出した。それ以来、家族には会っていない。

—以上、隠された真実・其の三。

「なっ！　貴様が教団から持ち出したのは培養液の中の赤子だったというのか？」

「当たり。この子がそうだよ。私の宝だから宝条という苗字をつけた」

「待ってよ、先生！　意味わかんないよ。じゃあ、私は人間じゃなかったわけ？　先生の教団で実験体にされてたの？　私の記憶が曖昧なのもそれが理由？　過去、先生以外と暮らしてきたことがない。両親も何も知らない。そんな事実、急に言われたって受け入れられないよっ……どうして、どうしてそのまま死なせてくれなかったの！」

「君が生きたいと願ったからだ」

「っ！」

牡丹はその言葉を聞くと、脳内に記憶が甦ってきた。

—数十年前、白鷺医療研究所。

（わた……し、こと、ば……）

牡丹は円柱の培養液の中にいた。そこへ白衣を着た青年が入ってくる。

青年はカルテを手に円注全体を見回していた。

(き、れ……い、ひ、と……。かなし、そ……ひ、と……)

ふと、頭だけの牡丹と白衣の青年の眼が合った。

『……たい、生き……たい』

そこから、青年は牡丹を抱えて必死に逃げた。

牡丹は所々その風景を覚えていた。通気口から出た時は泥まみれだったが、牡丹は声にならない『ありがとう』の一言を告げて眼を閉じた。

現在に戻り、過去を思い出すと牡丹はボロボロと涙を流していた。

「せん、せ……じゃあ、牡丹って名前の由来はっ……」

「命からがら脱出した時、そこに牡丹の花が一面に咲いていたからだよ」

見上げる瞳と見下ろす瞳が重なり、牡丹の表情が変わった。

「何をしている！　哀楽だけを撃ち落とせ！　あの娘には傷をつけるな！」

「牡丹ちゃん、ここから西へ十六メートル移動できるかな？」

「やってやるわよ。こうなったら、私の大切な先生、全力で守ってやるんだからぁ！」

「哀楽様、地上の兵は私めにお任せください」

「おっけー」

それぞれが戦う中、先生と牡丹は銃弾を上手く避けて、先生は医療銃を兵隊に撃ちつけた。

「今撃ったのは筋硬直剤です。一度、全体の動きを奪わせてもらいます」

「何っ!? ぐわぁっ！」

先生は牡丹に地上に降りる指示をし、喜怒と直面する。喜怒の帽子は先程の衝撃で吹き飛び、顔面に巻いている包帯が千切れた。その顔は片方の目玉が飛び出し、皮膚はボロボロに荒れ、脳の一部が凹んでいた。

「み、見るなぁ！」

「矢張り、崩れてきましたね。ここまで保ってきたのが奇跡だ」

コートで顔を必死に隠そうとする喜怒の前に牡丹が両腕を組んで立つ。

「ねぇ、命って何のためにあると思う？ 生きるためよ！ そんなこともわからないあんたに誰が付いてくるって言うのよ！」

「ちっ、小娘がぁ！」

「さてと」

牡丹が喜怒に説教をしている間に先生は動けなくなった兵隊等の前に立った。

「久しぶりの皆も初めて会う皆もとりあえず、初めまして。私が白鷺博士の息子、白鷺哀楽だ。今は筋硬直剤で動けないと思うが、一時間しないで効果は消える。その間に言いたいことがある。私は今日を以て、二代目白鷺教団の博士となる」

「っ！ 哀楽?」

「先生！」

「哀楽様っ!?」

先生は血の海と化した地面にびちゃびちゃと足音を立てて教団勢に近付いた。

「この足元の血は嘗《かつ》て人間だったものだ」

「哀楽、戻ってきてくれるのか！」

「先生、駄目っ！」

歓喜する兄、止める牡丹、茫然とするアルバートの三人は眼を逸らさずに、じっと先生を見ていた。

「人間に死者は治せない。ここに転がっているのは骸《むくろ》のみ。教団の頭としての命令だ。身体が動くようになったら生きている者を探し、早急に適切な手当てをせよ」

教団のトップに立つ者の命令は絶対だった。初代白鷺博士が作り出した規則とも言える。刃向かった者は殺されるか実験体とされるかの二択になる。

「何を言っている哀楽！　そんなことを言うなら博士の座を俺に渡せ！」

「ひひっ、ひひひひひひっ」

「くっそ、こうなったら実験体にされる前に死んでやる！」

喜怒はコートのポケットに忍ばせていた銃を取り出し、自分の頭に突きつける。

雲の流れが速くなり急激に雨雲が近付いてきた頃、先生は口を開いた。

「喜怒兄さん。最後の秘密をお教えしましょう。何故、長男である貴方が白鷺家を継げなかったのか」

「それは、貴様がいつも俺を超えて優秀な成績を残していくからだろう！」

「いいえ。貴方があるモノを抱えていたからですよ」

「あるものだと？」

「兄さん。貴方は無脳症でした」

「なん、だ……と？」

先生の言葉に喜怒は言葉を失う。

「無脳症。脳の大部分または一部が欠如している神経学的奇形で、出産後はほぼ数日で亡くなるといわれている。治療法もなくほぼ死産。脳が欠損して産まれてくる。つまり、兄さん。貴方は産まれつき脳がなかった」

「っ!?」

「母さんの行方は知ってますか？」

「お、俺には父しか……」

「そうでしょうね。貴方と同化しているのですから」

ゴロゴロと遠くから雷の音が聞こえる。

—数十年前、『白鷺夫婦の記録』
当時、まだ幼かった哀楽は両親が喧嘩する声が聞こえ、扉の隙間から室内を覗いてみた。

『私が産んだ子供を実験体にしようなんて、貴方なんて酷いことを！』

『賢い君なら無脳症である喜怒を私の力で長生きさせていることは知っているな？』

（きど？　むのうしょー？）

夫婦の間には培養液に浸けられた子がいた。

（あれはなんだろう？）

『とにかく、この子は私が守ります。実験なら私にして』

『何を馬鹿なことを。我が白鷺家の跡取りとなる大切な長男だ』

（あととり？　それじゃ、あの子は僕のお兄ちゃん!?）

『だがしかしね、喜怒にどんな脳を入れても意識を取り戻さない。だから』

何度も実験を繰り返したが成功しなかった父は怒りに任せて母の首に手をかけた。

（ママ！）

『う、ぐえぇっ！』

『君の脳なら適合するんじゃないかと思ってね。私は完璧だ。だからこそ、適合率が高い母親の脳を喜怒に与えることにしよう』

その時の白鷺博士はとうに狂っていた。

狂ってしまった白鷺博士を見て、哀楽の母は生きることを諦めたかのように手を下ろし、全身から力を抜いた。

『い、いわ。子供のためなら、私は死ぬことができる……親だもの。貴方、好きにして。

その代わり、喜怒も哀楽もっ……げほっ、は……大事にしてあげてね……』
――以上、隠された真実・其の四。

ぽつん、

ぽつん、、

ちゃぽんっ

ちゃぷ。

ザアアアアアアアア喜アアアアアアアアアアアアア父アアアアアアアアアアアアアアアアアアアアアアアアアアアアアア怒アアアアアアアアアアアアア涙アアアアアアアアアアア救アアア『ごぷっ』アアアアアアアアアアアアアアアアアアアアアアアアア哀アアアアアアアアアアアアア道アアアア『ぶくっ、ぷく』アアアアアアア人アアアアアアアア今アアア母アアアアアアアアアアアアアアアアアアアアアアアアアアアアア兄アアアアアアアアアアアアアアアア弟アアアアアアアアアアア狂アアアアアアアアアアアアアアアアアアアアアアアアアアアアアアアアア奇アアアアアア死アアアアアアアアアアアアアアアアアアアアアアア楽アアアアアアアアアアアアアアア病アアアアアアアアアアアアアアアアアアアアアアアアアアアアア生アアアアア愛アアアアアアアアアアアアアアアアアアアアアアアアアア己アアアアアアアァアアアアアアア命アアアアアアアァ『ママ、お花持ってきたよ』『ありがとう、哀楽』ザアアアアアアアアアアアアアアアァァァッァアァァッアッァァアアアアアアアアアアアアアアア『哀楽、お前の兄さんだよ。喜怒兄さんだ』『おにい…ちゃん？』ザアアアアアァァァァァァァァァアァアアアアアアアアアアアアアアアアアアアアアアアアアアアアアアアアアアアアアァァッァァアァァアァッァァッァッァアァァッァッァアアアアアアアア『う、うっ』『喜怒お兄ちゃん、おやつ半分こしよ』ザアアアアァァァァァアアアアッッアアアアアアアアアァッッァァァァァ『私は母だもの。どんな子でも愛すわ』ザァァッァァァアアアアアアア『喜怒、薬の時間だ』『父さ、ん』ザアアアッァァァァッァァアアアアアアアアアァァァァァァァッッッアアアアアアアァァァァァアアアアァァァッアアアアアアアアッァァァァァァアアアアアアアアアアアアァァァッ花アアアアアッァァァァァァッァアアアアアアアアアアアアアアザアァァァッァアアアアア『はっはっは。矢張り私の子達は優秀だ！』ザァァァアアアアアアアアアアアアアァァァッッアアアアアアアアアアアアアアアアアアアアアアアアアアアザァァァァッァァァァァ兄弟ザアアアアアアアアアアアアアアアアアアア実験アアアアアアアアアアアアアアアアアッァァァァァーァギギギギギギギッァァァァァァァァァッァァァァァァァッ『兄さん、喜怒兄さん！』『話しかける、な……』ザ、ザアアアアアアアアアアアアァァァァァァァァァァァァッァァァァァァァァァァァァァァァァァァァザアアアアアアアアアアアアアアアアアアァァァァアアッ研究ザアアアアァァァアアアアアアアアアアァァッァアアアアアアアアアアアアアアアァァアアアアアアァァァァァァアアアアァァァァッ『なんで、お前だけ』『……』ザアアアアアアアアァァアアアアアアアアアアア脱走ザアアアアアアアアアアアアッァァァァァァァァァァアアアアアアアアァァァッァァッァァ光ザァァアアアアアアアアア影ギァァァァァァァァッァァァ家族ザ、ザザザザアアアアアアアアアアアアアアアアアアーァァァァァァァァァァァァァァァ——……

「父さんは本来跡継ぎになる息子が無脳症と知って以来、ずっと心の奥に怒りを秘めていました。それが爆発したのでしょう。そして、暫しの間、兄さんを培養液の中で生かし、妻である母を殺して母の脳を貴方に詰めたのです」

喜怒は持っていた銃を地面に落とし、今まで隠されていた自分の真実に直面し、その場に座り込んだ。その横を通り過ぎ、先生は筋硬直剤の効力が切れてきた兵隊に告げる。

「第二代目、白鷺博士こと白鷺哀楽から告げる！　本日を以て教団を解散する！　そして皆、堂々とこの世を生きろ！」

その宣言に反対する者は誰もいなかった。

「急げ、助かる命も助からなくなる！　怪我を負った者を医療施設へ運べ！」

「は、はい！　ほら、掴まって」

「いてて、腕が」

「しっかりするんだ、まだ助かる！」

指示通り兵隊達は、重傷者を担いで助け合い屋敷から去っていく。

ほぼ同時に、雨の勢いが強くなってきた。残された者は先生、喜怒、牡丹、アルバートの四名だった。

先生は唖然として座り込む喜怒を抱き締めた。

「喜怒兄さん。兄さんと過ごした日々は僅かだったけれど、私を嫌う貴方を嫌いになれずにごめんなさい」

「哀楽、俺はお前を憎んでばかりだった。今まで弟のお前を愛してやれずに済まなかった……」

最後の力を振り絞り、喜怒は意識を手放した。
気絶した喜怒を手際よく抱き上げると、アルバートが屋敷の中へ連れていった。

「先生、格好良かったよ」

「牡丹ちゃん？」

「私、決めた。先生専属の立派な助手になる。お兄さんのことも治すんでしょ？」

「私は医者だからね。この血の海も雨が洗い流してくれるだろう」

先生が戦闘でぼさぼさになった髪の毛を、面倒臭そうに掻き上げる。牡丹は露わになったその顔を覗き込んだ。

「何かね？」

「先生の素顔、初めて見た。綺麗」

「何を言っているんだい。いつもと変わらないよ」

「あ、ちょっと！　置いて行かないでくださいよ～！」

―数か月後、

先生は隣町に白鷺医院という病院を開業した。医師の対応がよく、すぐに治ると大評判だった。ただ、一つ牡丹に悩みが出来た。

先生が兄の喜怒を治す際、母親の脳が使用されていることで、喜怒が『半陰陽《はんいんよう》』となってしまったというのだ。

―回想、

『これは医療の不思議だね。男性でも女性でもあることを半陰陽と呼ぶ。脳以外は入れ替えていないはずだが。精神学、心理学、思い込み……』

「いつか、喜怒さんは元に戻るんですか？」

『暫しの間、経過観察だね。しかし、こうして家族で居られるのは嬉しいよ。今まで兄さんは怒ってばかりだったから、たまには休むことも必要なんじゃないかな。きっと今は母さんの中で休んでいるんだろう。さーて、診察の準備をしないと』

―現在、

「あら、おかえりなさい。牡丹ちゃん」

「え、えっと、着替えたらお手伝いしますね！」

喜怒母が既に並んでいる患者を受付に通した。

「みなさーん、午後の診察間もなく始まりますので、体温を測ってお待ちくださいね」

「ぼーたーん！　あたしのママ、料理作ってる最中に火傷したぁ〜！」

そこへ上原彩が飛び込んでくるが、牡丹の姿がなくきょろきょろ診察室を見回した。

裏の更衣室。

牡丹が更衣室で看護服に着替えていると、診察室から先生とアルバートの声が聞こえた。

「『無鼻症』『ウェルナー症候群』この二点の過去の症例を用意してくれ。そのうち一件はうちで片付ける。それから『幸福顔貌骨異形成症』は私が現地へ行ってくるよ」

「畏まりました。では、準備が出来次第、薬局へ戻ります」

そこで、先生が牡丹の存在に気付く。

「あれ、牡丹ちゃん？」

(う、気付かれた)

「先生。現地へって、もしかして海外に行かれるんですか？」

「ひひっ、鋭いね。ただ、今すぐの話じゃない。こちらの患者も沢山残っているからね」

「前から思ってたんですけど、先生ってどうして、原因不明の病気や解明されていないものの、難航する手術を率先して受け持つんですか？」

「んー……お医者さんだからかな」

自分でも理解していないような先生の一言に牡丹は呆れた。

「やっぱり先生って変わってる」

「そうかい？ 世界には未だ病気か才能か判明していないものも溢れているからね」

間もなく、午後の診察が始まる。

だが、先生の机の上は大量の甘味を食べ終えた皿が散乱していた。

「もう、片付けてくださいよ。患者さん来てるんですから」

牡丹が呆れてデスクを片付けようとすると、一冊の本が落ちた。

「あっ、すみません」

「構わないよ」

先生が拾った本は、

『ギフテッドの在り方について』

という本だった……――

「さ、読者の諸君。入りたまえ。

お次の方、どうぞ」

～ED.～　「命あるからこそ」

――頭だけの赤子を抱えた僕に、味方は一人もいなかった……。

「はぁ、はぁ……」

研究所を抜け出してどれぐらいの月日が経っただろう。僕は頭だけの造られた赤ん坊を抱え、様々な場所を彷徨っていた。

「う……え」

(僕はまだいい。けど、この子が……この子の命を守らなきゃ)

危うく実験体となるか廃棄物として処分されるかの瀬戸際に存在していた小さな頭部だけの子供。その子の疲労は限界に近付いていた。

(こうして歩くだけで精一杯だ。僕まで倒れたら、この子を救えない。せめて、何か医療道具か食べ物があれば……)

時間は深夜帯。宛てもなく歩き続けていると、林の中にぼんやりと灯る光が見えた。

(あれは、人がいるかもしれない)

僕の足は自然とその屋敷へ向かっていた。

屋敷の前に立ち、大きな扉を叩く。

「すみません、どなたかいませんか?」

中から返事はない。誰もいないはずがないのに、返事は一向に聞こえてくる気配がない。

自身も限界が近かったのか、家主に確認を取らず、屋敷の扉を開けてしまった。

「お邪魔します。すみません、誰かっ……!」

「何だい。こんな夜中に」

(誰かいた!)

気怠そうに出てきたのは、寝間着に羽織を纏った初老の女性だった。

「すみません。あの、今日だけで構いません。少し、休ませてもらえませんか?」

「……」

その女性は、僕と僕に抱えられた培養ケースに入った頭部だけの赤子を睨み付ける。

(まずい、この子を見られたら!)

「ふん、今日だけだよ」

「え?」

「泊めて欲しいんだろ?」

「はい……」

何も疑われず、あっさり受け入れられたことに僕は驚きを隠せなかった。

(そうだ。お湯か何か……)

はっとすると同時に、家主の女性に赤子を奪われた。

取り戻そうとするが、何故だか身体が動かない。僕はその場に座り込んでしまった。

「まったく、行儀が悪いね。寝るなら布団で寝ることだよ。この子、名前は？」

「えっ……」

「この子とあんたの名前を聞いてるんだ」

「僕は、あ、哀楽です。その子は牡丹といいます」

「あんたが名付けたのかい？」

「はい……」

「ふんっ、悪くない名じゃないか」

「その子、とても疲れていて」

「見りゃわかるよ。あんたは安心して休みな。この子はあたしが面倒を見てるから」

その時、僕の頭は麻痺していたのかもしれない。普通の人が見たら驚いて逃げ出す者もいるであろう牡丹を眼にしているのに、家主の女性は驚く様子は全くなく、牡丹を抱えて自分の肩に掛けていた羽織で包んでくれた。

「寝室はこの奥。布団は自分で敷くことだ」

「ありがとうございます、おばあさん」

「おばあさんなんて呼ぶんじゃないよ。失礼な子供だねぇ」

……ゴトンッ、
僕は安心したのか、張りつめていた緊張が解けたのか、その場で気を失ってしまった。

気付いたのは、翌日の昼時だった。

「ん、んんっ……牡丹!?」

僕の身体はしっかりと布団に入っていた。だけど、大事な牡丹がいない。

(あの人が僕を運んでくれたのかな……聞いてみよう。牡丹、どうか生きていて……間に合ってくれ)

僕は過労で疲れた頭を何とか働かせ、身体に鞭を打って立ち上がった。屋敷内を探し回ると大広間の方から楽しそうな声が聞こえてきた。

そこには、牡丹と家主の女性がいた。

「牡丹っ！」

「おや、あんた起きたのかい。もう昼だよ」

牡丹をよく見ると、小さな簡易式の浴槽の中にいた。

(培養液？　まさか)

「昨日は泊めていただき、ありがとうございました……途中で寝てしまったようで」

「まったくだね。あんた、朝食を逃したよ。あたしゃ、二度は作らないからね」

(もしかして、作ってくれた？)

「次から気をつけます」

(次？　あれ、おかしい。次なんてない。今日でこの屋敷を出て行くんだから)

女性は変なことばかり口にする僕に、不機嫌そうな眼差しを向けた。

そして、次の言葉に僕は驚くことになる。

「哀楽。あんた、うちの手伝いをしな」

「手伝い？」

「この屋敷は広いんだ。あたし一人で住んでいると、掃除がどうも大変でね。そうしたら、暫く置いてやらないこともない」

それは、僕にとって有り難すぎる一言だった。ただ、牡丹のことを抜かしては……。

「その子のこと、なんですけど」

「置いてやるよ。あんたの子供かい？　親に反対されて逃げてきたんじゃないだろうね？」

「そういう意味じゃなくて、ちょっとワケありで」

「あんたと頭だけの子供を見りゃ、ワケありだってことぐらいわかるさ。それからね、あたしの名前はサヨっていうんだ。追い出されたくなけりゃ、早々に覚えることだね」

「サヨ……さん。わかりました。お世話になります」

「それで、この頭だけの子には何が必要なんだい？」

それから僕は、牡丹の生かし方をサヨさんに丁寧に教えた。理解してくれとは思わなかったが、サヨさんは僕の話を真剣に聞いてくれた。数日で培養液に代わる物も用意してくれると言った。ここまでしてくれる優しい人に出逢ったことがなかった。サヨさんには心から感謝した。料理掃除洗濯、僕は置いてもらう代わりに何でもした。

そんな生活が一週間、二週間、一ヶ月と続いていった。


「哀楽。牡丹が何かを伝えたいみたいだよ」

「はい、今行きます。もうすぐ掃除が終わりますので」

「何やってんだい、さっさとあたしに代わるんだよ。あんたが連れてきた子が泣いてるんだ。すぐに行ってやりな」

サヨさんは掃除中の僕から箒を奪い取った。

「……牡丹」

サヨさんの寝室に行くと、牡丹が口をぱくぱくさせ、何かを訴えかけるように僕を見上げていた。

「ごめんね、牡丹。でも、いい人に巡り逢えてよかった……必ず生かすから、僕の全知能を使ってでも君の希望は叶えるから」

見知らぬ場所に来たせいか、牡丹の疲労はなかなか取れなかった。

(嗚呼《ああ》、治したいな……)

「哀楽」

「は、はいっ」

突然、背後から声をかけられて肩を跳ねさせる。

「あんた、医者にはならないのかい？」

「医者？」

たった二文字の単語が脳を巡る。

僕は白鷺家の次男。犯してきた罪は計り知れないものだろう。それも、知らないからといって犯していいものではなかった。

ただただ、その返答に苦悩した。

なれるはずがない。なることを誰も許しはしないと思ったからだ。

かといって、自分の正体を告げる勇気もなかった。自分はとても弱虫だった。父という強大な権力者と周囲を取り巻く者。そんな異常とも取れる教団の中で生きてきた僕に今更真っ当な道を歩けるはずがなかった。

僕の答えを待つ前に、サヨさんが呆れてしまった。

「ふんっ、まあいいさ。どこかから逃げてきたんだろうよ」

（そうだ。僕は教団から逃げた）

「疲れてそうだねぇ。夕食を摂ったら早く寝ることだ」

それだけ言うと、サヨさんは自分の部屋に引っ込んでしまった。

それから数ヶ月が経った。

追手は来ない。培養液に代わる物も用意してもらった。ここで暮らしていけるんじゃないかと平和呆けするぐらいには、呆けていたに違いない。

　ある日のこと、
　サヨさんと一緒に庭に花の種を植えていると、サヨさんが転んで膝を怪我してしまった。

「痛っ！」

「大丈夫ですかっ！」

　僕は駆け寄り、サヨさんを抱き起こす。

「あいたた……歳にゃ敵わないね。無事だよ」

「庭作業は中断しましょう。僕が手当てします」

「ああ、たまにはあんたに甘えてみるかね」

　屋敷内に戻り、擦り剥いて血液が出ている部分を洗浄してガーゼで押さえる。

「このまま押さえていてください」

「あんたは戻りな。牡丹の種、植えるんだろう？」

　これが、今の自分を産み出す大きなキッカケになるとは思いもしなかった。

　その晩のことだ。サヨさんが僕と牡丹のいる部屋を訪れた。

「哀楽、少しいいかい？」

「はい、どうしました？」

「あのねぇ、これが」

　サヨさんが遠慮がちに見せてきたのは、庭作業をしている最中に出来た傷だった。

（ん？　何か変だ）

僕の直感が働いた瞬間だった。

「ガーゼを取り替えたいんだ。やってくれるかい？」

「はい」

一度、大広間に行き、再度サヨさんの手当てをする。そこでもぐるぐるとした泥みたいな不穏な気配が僕の心で渦を巻いていた。

「血、なかなか止まりませんね。深く切った可能性もあるので少し診《み》せてください」

「あたしゃ、この分野は何一つ詳しくないからね。あんたに任せるよ」

僕は、手早くガーゼを取り替えて、その上から患部を包帯で覆った。

「これで様子を見てください」

(傷を診たけど、そんなに深く切れていない。なんだろう、このもやもやした気持ちは。恐ろしい何かが襲ってくるような……)

不穏な気配が拭えなかった僕は、サヨさんの血液を調べてみることにした。

―翌日、
血液を調べるにも、ここは研究施設じゃないため、試行錯誤して簡易検査を行うことしか出来なかった。サヨさんは大人しく僕の治療に協力してくれた。
「あたしも老人だからね、治りが遅いだけさ」
(そうですねと言いたい。けれど、これは治りが遅いとか、そういう問題じゃない)

「研究施設だったら……」

言ってはならないことを無意識に言葉に出してしまった。ハッとして顔を上げると、サヨさんがなんとも言えない顔でこちらを見ていた。

僕は凍りついた。それは何でと問われてもわからない。追い出される恐怖なのか、疎外される恐怖なのか、自分でも理解出来なかったが、一気に血の気が引いていくことだけはわかった。

「哀楽、そろそろ牡丹の様子を見にいっておやり」

「……はい」

サヨさんは、日本の裏で動いている教団の存在を知らないのか、僕の一言を見逃してくれた。

そこから、順調に回復していくはずが、何度サヨさんを治療しても、怪我をする度に血が止まらないようになった。

(ここじゃ、輸血は出来ない。悔しい)

あれだけ色々なことを学んでおいても、自分は無力なんだと思い知らされた気がした。

(今の所、この症状に覚えはない。というと、新たな何か……細胞が急激に劣化するのか？　何か病原菌に……いや、これは血液、血中の何かが足りないんじゃないのか？)

—それから約一ヶ月後、

サヨさんも牡丹も弱り果てていた。サヨさんに至っては、起きられない程になってしまって、僕が身の回りの世話をしながら看病をしていた。

「哀楽、あたしの病気を調べているんだろう？　遅くまで部屋の電気がついている。電気代もかかるから、程々にしておくれ」

なんて冗談めかして笑うサヨさんに、ずきんと胸が痛んだ。

だから僕も、冗談めいたセリフを返した。

「勉強が好きなんです。以後、注意します」

「変な子だね。いつも気を張ってばかりで……あたしのことは放っておいていいんだよ。何もしなくても、その内寿命がくるからね」

「何もしないでなんかいられません」

――それから、また一ヶ月、二ヶ月まで、教団で学んだ知識を活かして、サヨさんの奇病の治療法を見つけ出そうと取り組んだ。

牡丹のことも蔑《ないがし》ろにするわけにはいかなかった。両方の世話をしつつ、僕は生きていた。

「サヨさん、これは恐らく血液の病気だと思います。早急に医者にかかった方がいいかと」

「その必要はないさ」

この段階で、サヨさんの血液は貧血を更に下回る程だった。いつショック死してもおかしくない状況まで追い詰められていた。

「どうして、お医者にかからないんですか」

「そりゃ、日本一のお医者様にかかっているからねぇ」

「どういうことですか？」

「哀楽。あんた、医者になりなさい」

サヨさんはそう告げると、血が回らない冷たい手で僕の手を掴んできた。

「医者になりなさい。それであんたが活かせる。きっと生きやすくなる。それから、真面目をやめなさい。全部のことに全力投球するのもあんたの悪い癖だ、人生は遊ぶぐらいがちょうどいい」

サヨさんの声が弱ってきた。間もなく、命の恩人が旅立ってしまうことに押し潰されそうになった。

「お医者になって、牡丹と共に生きるんだ。それには何が必要か、頭の良いあんたなら、わかっているだろ」

「それは……」

「あたしが死んだら、あたしの使える部分を牡丹に使いなさい」

「どうして、どうして、サヨさんっ！　諦めないでください！」

「もうね、わかっているんだよ。白鷺哀楽《しらさぎあいらく》」

「っ！　最初からわかっていたんですか？」

布団に寝ているサヨさんの冷たい手に力が入る。

「実はねぇ……あたしも白鷺の家系に縁があってね。あたしの話を聞いてくれるかい？」

「……はい」

「あたしの息子は天才的な才能があって、あたしじゃ手に負えなかったんだ。だけど、いっちょまえに嫁さんをもらって結婚までした」

僕は、黙ってサヨさんの話に耳を傾けた。

「でもねぇ……その才能を変な道に使ってしまったんだよ。それも大事なお嫁も巻き込んで」

ここまで心を開いてくれているサヨさんに、僕は隠し事は出来なかった。

「そうです。僕は白鷺家の次男、白鷺哀楽です」

「ああ、やっぱり……どこか面影があると思ったんだよ」

「面影……？」

「哀楽は、息子にそっくりなんだよ」

息をのんだ。これほどの衝撃の連続。

（まさか起こるはずはない。いや、起こるはずがないんだ。まさか、サヨさんがまさか）

「ただね、よくわからないんだよ。縁はあるけど確信は持てない。ついつい、息子に似てるからってあんたを甘やかしすぎちまったかね」

「……そう、ですよ。きっと何かの間違いです。遠い親戚かもしれません」

「もう一度だけ言うよ、哀楽。医者になりなさい。その力を、才能を、悪い道に使うんじゃない。あんたはあたしから見たらまだ子供なんだから、自由に生きなさい」

　涙で視界が滲んだ。


　こんなことは何年振りだろう。

　そのまま、サヨさんは息を引き取った。その後のことはあまりよく覚えていない。気が付いたら、牡丹の身体が出来ていた。牡丹は喋れるようになっていた。よちよち歩きの牡丹が僕の足元にしがみついてくる。僕は屈んで、小さな生命に向かって微笑んだ。

「おにーちゃ、おにーちゃは、だあれ？」

「私はね、『先生』っていうんだよ」

「せんせ？」

「そう、お医者さんなんだ。よろしくね、牡丹ちゃん」


……

…………


「先生、今日の午後休診なんですね。何か用事ですか？」

「嗚呼、恩人の命日なんだ。お墓参りに行かないと」

「ついて行ってもいいですか？」

「ごめんね。今日は何だか二人きりで話したくて」

「ていうか、先生って喪服着る常識はあったんですね」

「失礼だね、牡丹ちゃん！」

白衣を脱いで、喪服を身に纏った哀楽が玄関に向かう。

「それじゃ、少し出てくるよ。留守番よろしくね」

（今が正しいとは言えないかもしれない。けれど、間違えてはいけない道を歩むと誓った。

これは誰にも話さない私だけの想い出だ）

哀楽は病院のドアを開けると恩人の墓参りに向かった。一歩一歩、歩を前に向けて……。

終

著者プロフィール

秋雨 肇（あきさめ はじめ）

秋田県出身。
千葉県在住。
5、6歳の頃から小説を書き始める。
数々のゲーム制作会社でシナリオライター、プランナー、ディレクターとして働く。
臓器の病気で一時休養。

お次の方、どうぞ

2022年5月15日　初版第1刷発行

著　者　秋雨 肇
発行者　瓜谷 綱延
発行所　株式会社文芸社
〒160-0022　東京都新宿区新宿1－10－1
電話　03-5369-3060（代表）
03-5369-2299（販売）

印刷所　株式会社暁印刷

ISBN978-4-286-23431-1